Inacabada

PERCURSOS LITERÁRIOS DE SOL A SOL

Inacabada

Ariel Florencia Richards

Tradução: Maria Cecilia Brandi

Esta obra foi publicada originalmente em espanhol com o título INACABADA
© 2023, Ariel Florencia Richards.
© 2024, Editora WMF Martins Fontes Ltda., São Paulo, para a presente edição.

Todos os direitos reservados. Este livro não pode ser reproduzido, no todo ou em parte, armazenado em sistemas eletrônicos recuperáveis nem transmitido por nenhuma forma ou meio eletrônico, mecânico ou outros, sem a prévia autorização por escrito do editor.

1ª edição 2024

Poente é um selo editado por Flavio Pinheiro

Tradução: Maria Cecilia Brandi
Acompanhamento editorial: Diogo Medeiros
Preparação: Fernanda Lobo
Revisões: Maria Fernanda Alvares e Cássia Land
Produção gráfica: Geraldo Alves
Capa e projeto gráfico: Gisleine Scandiuzzi
Paginação: Ricardo Gomes
Imagem da capa: Nicola Kloosterman | METAMORPHOSIS series (3/3)

Dados Internacionais de Catalogação na Publicação (CIP)
(Câmara Brasileira do Livro, SP, Brasil)

Richards, Ariel Florencia
   Inacabada / Ariel Florencia Richards ; tradução Maria Cecilia Brandi. -- 1. ed. -- São Paulo : Poente, 2024.

   Título original: Inacabada
   ISBN 978-65-85865-06-7

   1. Ficção chilena I. Título.

24-228746   CDD-C863

Índice para catálogo sistemático:
1. Ficção : Literatura chilena   C863

Eliete Marques da Silva – Bibliotecária – CRB-8/9380

Todos os direitos desta edição reservados à
Editora WMF Martins Fontes Ltda.
Rua Prof. Laerte Ramos de Carvalho, 133 01325-030 São Paulo SP Brasil
Tel. (11) 3293-8150 e-mail: info@wmfmartinsfontes.com.br
http://www.wmfmartinsfontes.com.br

Para Santiago, por encurtar a distância

*Ela se despede de tudo que ela acha que acaba.
E por acaso alguma vez pôde suportar o que acaba?*

Olga Orozco

PRÓLOGO DA AUTORA

Embora a ciência e a poesia tenham tentado descrever a experiência da transição de gênero com diferentes analogias e metáforas, a minha imagem favorita para explicar o que é transicionar continua sendo a que uma menina trans chilena, de doze anos, trouxe numa entrevista televisiva. Quando lhe perguntaram como foi contar à sua mãe que ela era mulher, ela respondeu: *Um ar entrou. Foi bonito. Eu respirei, me puxei, me puxei para fora. Foi como o vento.* No vídeo, que ainda pode ser visto no YouTube, a menina está em uma praça de Santiago, num dia de sol, sentada num balanço, com os cabelos presos em rabo de cavalo e uma camiseta que diz *imagine everything.*

Quando encerra um longo período de reclusão e mudez voluntárias, suas palavras não só trazem consigo um vento que se sente no corpo, mas ressoam inaugurais, como se ninguém as tivesse pronunciado antes. É que essa novidade – que primeiro contamos a nós mesmas e depois aos outros – é algo complexo e, ao mesmo tempo, extremamente simples. No meu caso, foi uma frase de três palavras que demorei trinta e sete anos para pronunciar.

No fim de 2018, mesmo ano em que foram realizadas as maiores passeatas feministas da história do Chile, sentei-me em frente ao meu terapeuta e, depois de um longo silêncio, falei. *Eu sou mulher.* E logo: *É isso que acontece comigo.* Começou assim um processo de desmantelamento do que eu entendia por identidade masculina, uma couraça com a qual eu andava pelo mundo enquanto não ousava me mostrar. Embora essa armadura fosse definida por ações, também era sustentada por palavras. Quero dizer: quem eu era passava, principalmente, por dizê-lo.

Judith Butler acredita que o gênero não é estável, e sim construído ao longo do tempo, como uma repetição de ações performativas que engendram a ideia de um eu permanente. E a verdade é que a linguagem e o corpo são possivelmente as mais poderosas ferramentas performativas que temos para nos expandir, mas também para remover ou perturbar aquilo que não nos define e que nos incomoda. As palavras que pronunciamos – que performamos e escrevemos – permitem comunicar quem somos. Nesse sentido, a linguagem nos dá a possibilidade de mudar.

Tenho um amigo psicólogo que se dedica a acompanhar adolescentes e adultos durante a transição. Ao longo de sua carreira, ele detectou uma necessidade das pessoas trans de explorar a escrita. É que transicionar também tem a ver com enfrentar as palavras que escolhemos para nos restabelecer. Em sua tese de doutorado, ele sugere que algo fica faltando na transformação dos nossos corpos de um gênero para outro, algo que se pode completar através da narrativa. E as palavras, vistas dessa forma, são também uma tecnologia que nos permite encarnar nos nossos corpos de uma maneira diferente da que se espera.

Antes de se chamar *Inacabada*, este texto teve diversas formas e títulos provisórios. Inicialmente se chamou *Um projeto fantasma* e contava a história de um jovem ilustrador botânico que viajou para a região de Aysén, no Chile, onde descobriu uma floresta encantada na qual pessoas que tiveram o coração partido podiam reencontrar seus antigos amantes. Ou seja, seus fantasmas. Suponho que escrever essa história (que agora me parece um pouco melancólica e cafona) foi um fechamento da minha vida emocional masculina. Depois de descartar aquele texto, ele se tornou – a partir dos seus restos – um diário de transição.

Depois dessa versão, veio outra sem título, na qual o amor e a transição se apresentavam como duas táticas afetivas semelhantes, ambas capazes de transpor distâncias. Inclusive a distância entre um indivíduo e seu interior. E, embora tenha sido necessário o exercício de narrar minha própria biografia e de me sentir autora da minha vida amorosa, não era isso que eu queria publicar. Antes de encontrar o título definitivo e já próximo desta versão final, o romance tomou a forma de uma carta de despedida que se chamava *Roma*. Esse texto trazia, principalmente, reflexões sobre meu pai e a morte. A morte dele, a minha própria morte em vida ou aquilo que fui deixando para trás.

Nunca guardei as diferentes versões desses textos, pois fui trabalhando sempre no mesmo documento. Editava o que já estava escrito, sem usar o controle de alterações. Apagava capítulos e parágrafos inteiros como se eles tivessem cumprido o seu propósito, mesmo que ninguém os tivesse lido. Por cima deles, reescrevi. Mudei frases de lugar e, apesar de todos aqueles gestos e comandos, de todos aqueles manuscritos sobrepostos, eu reconhecia onde tinha posto as palavras pela primeira vez. Como se este processador de textos em que trabalho permitisse que os rastros perdurassem.

Agora entendo que todas as versões anteriores também são este romance. Incluindo meu passado, minha forma de experimentar a masculinidade e sua morte. Penso que *Um projeto fantasma* é *Roma* e que ambos são *Inacabada*. Este projeto, ou o texto neste estado, recolhe os vestígios dos manuscritos anteriores, da mesma forma que às vezes reconheço em mim os destroços da pessoa que fui antes de transicionar. Agora, sem nome. Porém, de forma imaterial, presente no que perdura.

INACABADA

Antes de o avião decolar, M já tinha dormido. Estava de braços cruzados, com a cabeça apoiada na janelinha e a boca aberta, roncando suavemente. Juana, no assento ao lado, estava inquieta, e guardava um livro entre as pernas. A garota pediu corredor porque os bloqueadores hormonais tinham efeito diurético e toda hora ela precisava ir ao banheiro. Embora Juana nunca na vida tivesse urinado de pé, agora sua bexiga ficava distendida com muita frequência, e ela precisava se sentar no vaso sanitário por longos minutos para se livrar de toda aquela água que, com impaciência, ouvia sair num jatinho, do meio de suas pernas. M não sabia disso. Juana tentara lhe contar sobre a terapia de reposição hormonal, mas ela não quis – ou não pôde – escutar. Não queria saber de nada que tivesse a ver com a transição. Às vezes, a garota achava que o problema era dela mesma, talvez não tivesse encontrado os momentos adequados para tocar no assunto, ou talvez não se expressasse bem. É que, quando tentava se explicar, sentia que as palavras não bastavam.

Como era possível se sentir assim? Juana adorava aquela mulher que dormia ao seu lado e queria compartilhar o que estava acontecendo com ela, não só porque era verdade, mas também porque era algo maravilhoso. Quando o avião começou a avançar pelo asfalto, viu que M estava reclinada, tranquila e bonita, com a boca entreaberta, e invejou esse nível de autoabandono.

Sobretudo sabendo que passariam cinco dias inteiros em uma cidade estrangeira, evitando falar sobre a transição. Ela havia pedido à mãe que a acompanhasse em uma conferência de estudos visuais onde apresentaria os avanços de sua pesquisa. Quando foi convidada para fazer aquela apresentação, colocou o nome M no espaço do acompanhante e gastou uma quantia que era destinada à pesquisa para comprar a passagem dela. Queria conversar com ela. Explicar como se sentia, o que lhe acontecia. Quebrar o silêncio que as embargava desde que começara a tomar hormônios.

Juana pensou que, viajando as duas juntas, voltaria a surgir entre elas um momento de intimidade para poderem conversar. Mas já no avião ela não teve tanta certeza. Em vez de abrir seu livro, reparou em como as duas mãozinhas de M estavam cerradas com os punhos impenetráveis e notou a tensão que fazia saltarem as veias do seu pescoço. Tinha o cenho franzido e a mandíbula fazia uma fricção que quase se podia ouvir. Na tela à sua frente, viu-se a si mesma rígida e prendendo a respiração. Ferozmente agarrada ao assento. Quando as rodas do avião saíram do chão, a garota soltou uma expiração profunda e considerou a possibilidade de que aquele silêncio resistente que crescia entre elas duas não se mantivesse por conta própria. Era provável que ela também fosse autora desse parêntese. Então, de maneira quase involuntária, soltou uma palavra. *Mamãe*, ela disse, pegando a mão da mulher ao seu lado, e ela não se mexeu.

Atrás dessa palavra vinham as outras, que talvez estivessem esperando tempo demais para serem pronunciadas. Juana sentia como as palavras se acumulavam dentro dela e começavam a pesar, impedindo-a de se abrir com naturalidade e avançar na direção que queria. Porque ao redor delas havia um medo paralisante. Medo de não ser compreendida, de ser rejeitada, de ser considerada louca. Dizê-las significava, também, começar. E começar era uma forma de abandonar o que já não era seu. Se ela fosse honesta consigo mesma, enfrentar essa espoliação era, também, renunciar a uma dimensão possessiva e masculina. À medida que a cidade e o aeroporto de onde haviam partido ficavam para trás, Juana sentia que não havia mais volta e admirou a leveza com que toda aquela estrutura de materiais metálicos avançava pelo céu. Essa viagem seria o fim da sua versão anterior, e era preciso, de algum jeito, despedir-se.

Quando criança ela já sabia como era. Sempre soube. Aprendeu a silenciar sobre a sua identidade. Primeiro em casa, quando entendeu que seus pais achavam complicado ela querer se enxergar e se vestir como uma menina. Depois, na escola, quando fez dez anos e começaram a prepará-la, junto com a turma toda, para o que seria a sua primeira confissão. Na escola que frequentou – uma instituição jesuíta interessada em formar "líderes com educação espiritual" –, disseram-lhes que já estavam na idade de tomar consciência dos maus hábitos que os impediam de ser felizes, por isso receberiam um sacramento que lhes mostraria o poder reconciliador de Deus. Uma tarde, um padre alto e de óculos entrou na sala de aula e, andando com as mãos nas costas, começou a explicar a eles quais – entre todos os atos existentes – eram os pecados que deveriam confessar. Aquela ronda que o padre fez entre as carteiras escolares mais parecia uma espécie de emboscada. E Juana se sentiu atraída por aquilo. Mais do que o perdão, interessava-lhe a ideia mágica de que, ao pronunciar algumas palavras, o seu efeito se diluiria. Como um contrafeitiço.

Aos dez anos, ela parecia um menino pálido e tímido. E a verdade é que não falava com ninguém sobre si mesma. Ela brincava sozinha e no recreio passeava, dando abraços e apoiando-se nas colunas que sustentavam os pavilhões da escola, enquanto os colegas jogavam futebol. Embora tivesse boas notas, nas aulas se distraía facilmente. Tão logo fosse possível, parava de fazer anotações, virava o caderno para o outro lado e começava a desenhar nas últimas páginas. Depois de poucos traços, sempre surgia a mesma mulher, que ela desenhava de perfil e enfeitava com diferentes vestidos, penteados e maquiagens. Aquela mulher era, sim, parecida com as atrizes de que gostava, e também com sua mãe, mas era – acima de tudo – um espelho.

Juana e M tinham alguns traços em comum: a profundidade ao redor dos olhos, a palidez e uma languidez permanente. Ambas eram tímidas e em geral se distraíam com facilidade, ficavam caladas por muito tempo e do mesmo jeito, sustentando a cabeça com uma das mãos, olhando para algo fora do campo de visão. Tinham os dedos das mãos igualmente longos e, de perfil, os rostos eram muito parecidos. Mas nunca se referiam às suas semelhanças físicas nem respondiam quando outras pessoas as apontavam, porque isso daria margem ao perigo de terem que falar do que não falavam.

A filha lembra que, depois da jornada preparatória para sua primeira confissão, começou a sentir um olhar vigilante sobre ela. Aquele olhar curioso e sempre atento que era, ao mesmo tempo, o do padre que caminhava, o de Cristo, o da sua mãe e o dela mesma tinha ficado mais próximo e passado a vigiar cada uma das suas decisões. Embora o padre insistisse, durante as suas rondas pela sala, num deus flexível que perdoava, Juana sentia a sua presença como a de um intruso. E acreditava que, pela confissão, poderia se livrar dele. Então, quando chegou a hora, ela caminhou com determinação até o fim da capela, se benzeu e pediu ao padre que a perdoasse por permanecer em silêncio. O padre pegou suas mãos e lhe garantiu que Deus perdoava todos os erros, mas que ficar em silêncio não era mentir e, portanto, não era pecado. Juana ia insistir em explicar que estava escondendo algo importante, mas o padre lhe deu uma piscadela e disse em seu ouvido, prolongando as palavras, que ela deveria rezar com muita convicção para no futuro se tornar um homem afetuoso e sensato.

A garota engoliu em seco e esticou as pernas que mal cabiam entre os assentos da cabine do avião. Ergueu o braço e com a ponta do dedo indicador acendeu a luzinha acima dela. Abriu o livro que trazia entre os joelhos e leu um trecho em que a protagonista, uma mulher que acabara de enterrar o filho, chegava à ala egípcia de um grande museu e deparava com a estátua de uma deusa esculpida para proteger o intestino de Tutancâmon. A estátua tinha braços finos e estendidos como se "conjurasse a escuridão em que o faraó estava entrando". Após fazer essa descrição, a autora se emocionava: "Tenho a sensação perturbadora de que uma linguagem enterrada nas profundezas me atravessa." Para Juana, essa ideia de uma mensagem criptografada no corpo remetia à sua própria dificuldade em contar a M o que estava acontecendo com ela. E suspirou. Faltavam sete horas de voo.

Poucos meses antes ela obteve recursos para pesquisar obras de arte inacabadas no Chile, para o centro de documentação artística onde trabalhava. Por isso estava mergulhada nos estudos de trabalhos que não foram terminados: criações iniciadas, mas abandonadas por algum motivo. Tratava-se de obras descartadas e também de pausas que evidenciavam processos criativos interrompidos. Para Juana, de alguma forma, essas obras pendentes estavam suspensas no tempo. Seus objetos de estudo quebravam a linearidade da produção artística, propondo uma dissonância nas expectativas.

Nas semanas anteriores à viagem, ela estava ocupada observando e analisando uma escultura de mármore, sem autor, que aparecera no depósito do Museu Nacional de Belas Artes. Sua ficha catalográfica dizia que estava inacabada, mas Juana suspeitava que algo era deliberado. Nessa peça, era possível distinguir tanto uma figura humana, sem gênero aparente, parcialmente cinzelada, como a forma natural dessa pedra extraída de sua pedreira. E para ela, naquela dimensão intermediária, apareceu uma possível verdade que não era visível, ao menos não de imediato. Vislumbrou ali um fim inconclusivo. "Beleza obscura de existências. Mal iluminadas pelas palavras. Prisioneiras de si mesmas e desfeitas pelo tempo", dizia a protagonista do seu livro ao sair do museu egípcio.

Antes de entrar no avião, a garota tinha reservado um tempo para arrumar a mala que levaria na viagem. Diante do armário, considerou incluir roupas que nunca havia usado na frente de sua mãe: vestidos. Escolheu dois que achou que lhe caíam bem e que, pensou, seriam úteis se fizesse frio em Nova York. Arrumou os vestidos com cuidado em cima da cama e acariciou-os, olhando para eles. Embora já tivesse iniciado o tratamento de bloqueio hormonal que reduzia a sua produção natural de testosterona, ainda não apresentava alterações visíveis, e Juana, por fora, continuava parecendo ser o filho mais velho de M. Mas, quando colocava esses vestidos, sentia-se envolvida por uma outra camada, macia e almejada, que a cobria e refletia o seu interior.

Na semana antes do voo, a televisão transmitiu um debate no qual os candidatos à presidência do país apresentaram suas propostas. Na sua vez, um deles – o mais velho – pediu um minuto de silêncio em nome de uma vítima morta durante a repressão a um protesto. Da sua cama, Juana viu como o candidato ergueu o punho e pediu "um minuto ao seu lado". Passaram-se seis segundos até que um dos jornalistas do painel lhe agradeceu pela participação e chamou o candidato seguinte. Essa interrupção perturbou a garota e, à noite, esse episódio causou um pequeno alvoroço nas redes sociais. Juana leu que os minutos de silêncio pretendiam suspender simbolicamente o curso habitual do mundo. Alguém no Twitter disse: "O fluxo da existência se detém momentaneamente para testemunhar a dor sofrida", e outra pessoa disse: "Em nosso país nunca houve um minuto de silêncio."

– Mãe – disse Juana a M, afastando-a um pouco do encosto da poltrona. – Você viu o debate que teve outro dia?

Mas M não acordou. A mãe trabalhava como professora de língua espanhola numa escola para meninas e estava prestes a se aposentar. Era uma professora exigente e carinhosa. Ela acreditava que a única ferramenta capaz de diminuir a desigualdade social era a educação e se dedicava a ensinar as alunas a ler e a escrever, tratando-as com a mesma rigidez e com a mesma ternura devotadas às suas filhas. Na verdade, Juana e sua irmã sentiam inveja da atenção que as alunas de M recebiam.

Juana herdou da mãe o gosto pela leitura e, antes da transição, era comum conversarem sobre livros que tinham lido ao mesmo tempo. As duas eram leitoras metódicas e aplicadas. Preenchiam cadernos de bolso nos quais tomavam notas e programavam suas agendas. M tinha uma escrita solta e diagonal, já a caligrafia de Juana era pequena, pontuda e firme. A filha, tal qual a mãe, tinha uma habilidade natural para escrever em linhas perfeitamente retas, ainda que depois fosse muitas vezes incapaz de decifrar o que diziam as suas próprias anotações. Ambas riam disso.

Vistas de fora, eram claramente mãe e filha. Embora M fosse baixa e Juana alta, ambas lutavam de maneira semelhante para parecerem à vontade com seus corpos, mesmo que não estivessem. As duas tinham cabelos curtos – os de M eram revoltos e os de Juana descoloridos e penteados para o lado, como os de uma criança. Eram parecidas fisicamente. Ambas tinham o nariz longo e pronunciado, olhos profundos e bocas pequeninas. M tinha uma expressão mais suave e gostava de andar de cara lavada, enquanto Juana, de traços mais austeros, todo dia delineava os olhos com um lápis preto e grosso. Mas por trás do rosto as duas tinham um cansaço comum no olhar. Embora tivessem um gosto parecido em relação aos homens, Juana não achava que seu pai fora particularmente bonito, enquanto M afirmava ter se sentido fisicamente atraída por ele. Ambas tinham uma risada abafada, para dentro, ficavam facilmente coradas e, quando se sentiam desconfortáveis, colocavam as mãos ao mesmo tempo naquele ponto cego atrás da orelha. Como se ali fosse um refúgio.

Embora no passado gostassem de conversar, o início da transição afetou o relacionamento delas. M tinha se retraído e Juana sentia que, se insistisse, a machucaria. Ao redor da trégua, na qual tinham concordado tacitamente em não tocar no assunto, havia um silêncio incômodo. Para além desse silêncio, Juana sentia tristeza. Entendia que para M fosse sofrido ver o filho mais velho desaparecer, mas, para ela, transicionar era o único jeito de não morrer. Apesar de quase não falarem sobre nada que não fosse estritamente necessário, a filha continuava a acreditar que, com sua mãe, tinha uma comunicação que ia além do verbal, uma linguagem muda que, se ainda existisse, precisava recuperar. Porque o mundo, como sempre, passava outra vez pelas palavras.

Sobrevoavam a cordilheira dos Andes quando a cabine perdeu pressão e os passageiros tiveram um sobressalto. Além do perfil de M, que permanecia inalterado, Juana avistou o pico de uma montanha coberto de neve. Para a garota, soava eloquente que o gesto de ignorar outra pessoa se chamasse "dar um gelo". E ela gostava ainda mais que esse gelo fosse "quebrado" quando se voltava a falar com a pessoa. Ainda criança, entendeu que o silêncio também era uma forma de resposta que podia ser dada como castigo. Num certo verão, de férias em Aysén com sua mãe, a relação entre o frio e o silêncio ficou especialmente clara para ela. Vestindo casacos corta-vento e galochas, enfrentaram juntas uma geleira suspensa que existia havia séculos, só mudava de forma. Aquele gelo suspenso entre duas rochas era um relógio geológico marcando um tempo que parecia estar fora do mundo: o do luto. A enorme geleira pendente sobre elas tinha um ciclo de derretimento lentíssimo, imperceptível para qualquer ser humano. No entanto, ela tinha uma fenda. A geleira estava morrendo e emergia da sua base uma vertente de cristais de gelo cujas gotas as encharcavam. Juana lembrava-se de sua mãe diante daquela geleira, olhando-a de esguelha do outro lado do barco, como se enxergasse a potência escondida em seu interior, a sua própria fenda.

Quando foi que ela soube pela primeira vez? A filha achava que o início estava ligado ao surgimento da vergonha na sua infância. Cada vez que ela aparecia tal como era diante dos outros, causava surpresa, perplexidade e, ao final, dor. Principalmente nas pessoas mais próximas: seus pais. Aquelas expressões espontâneas de feminilidade do filho mais velho expunham algo de que não queriam falar. Nem dentro do casamento, nem dentro da família, nem fora dela. Com ninguém. Portanto, ainda pequena, Juana aprendeu a guardar silêncio. Não era um silêncio confortável nem cúmplice, mas sim cumulativo. Quanto mais o suportava, mais ele crescia. Mas todos os esconderijos são tidos como espaços de descompressão. O banheiro com a porta trancada e o espelho transformaram-se numa espécie de interseção na qual, se olhando, ela confirmava que, por trás daquela aparência de menino pálido, seguia sendo ela mesma.

Na época da sua primeira confissão, ela saía à tarde para passear de bicicleta e sentia que podia deixar à mostra a menina que era. Às vezes, pedalava em linha reta pela mesma rua até escurecer, outras vezes desenhava um percurso de intrincados labirintos por entre os atalhos que ficavam perto de sua casa. Na bicicleta se sentia corajosa e livre. Forte e veloz. Andando rápido, podia vislumbrar os mundos secretos que aqueles jardins escondiam por trás dos muros e das grades do bairro. Então pedalava com mais força e o vento batia, animando-a ainda mais. Experimentava, assim, um turbilhão de emoções que enfureciam a sua sensatez, a sua compostura e a sua obediência.

M murmurou algo incompreensível e se reacomodou em seu assento. Juana tinha convidado sua mãe para o congresso porque lhe parecia uma boa oportunidade para se reaproximarem e conversarem, mas agora, vendo aquela mulher dormindo ao seu lado, ela se perguntou se o que tinha preparado não era uma armadilha e se não estava encurralando a sua mãe. Uma voz gentil lhe perguntou se queria comer. Juana ergueu os olhos e negou balançando a cabeça.

– E sua mãe? – perguntou a aeromoça, apontando para M, que estava encolhida debaixo da manta.

– É impossível acordá-la – disse a filha.

No livro que Juana estava lendo, a protagonista – uma detetive que havia perdido seu filho de três anos – dizia que o mundo era igual em qualquer lugar e que viajar era perda de tempo. Era um romance que ganhara anos antes de seu primeiro namorado e que até então nunca lera. Aquele nome escrito na primeira página, a quem Borja dedicou o livro com amor, já não era o seu. Eles tinham se conhecido no campus onde ambos estudavam. Ela, história da arte, e ele, direito. Um dia, Borja foi a um congresso sobre arte e memória do qual a garota participava. Ele se sentou no meio da plateia. Vestia uma camisa clara e um colete cinza, de botões. No fim das apresentações, Borja levantou a mão e fez à garota uma pergunta que ela não soube responder. Juana viu-o devolver o microfone e estirar os braços acima da cabeça, satisfeito. Triunfal. Foi ela que procurou por ele depois. Aproximou-se para cumprimentá-lo enquanto ele fumava do lado de fora do auditório. Sério. Satisfeito por tê-la deixado constrangida. Ou pelo menos era o que Juana achava. Ela lhe agradeceu e ele a convidou para sair.

Borja não era um garoto particularmente bonito, mas tinha certa autoconfiança que o tornava atraente. Uma clareza sobre si mesmo que outros caras da idade dele ainda não demonstravam. Ele inclinou a cabeça e disse que gostaria de conhecê-la. Assim foi o começo. Juana ficou impressionada com a ternura com que ele olhava para ela quando começaram a sair. Os dois gostavam de andar de bicicleta e depois relaxar e conversar. Em qualquer lugar, na grama do campus, na poltrona de uma cafeteria ou na casa dos seus pais. Às vezes, quando Juana o via de longe nos corredores da universidade, ou encostado em um arco do pátio, se perguntava se aquele garoto se parecia com seu pai, mas depois, quando se aproximava e eles se cumprimentavam com um beijo na boca, a preocupação com a semelhança desaparecia. Borja carregava outra história.

Juana fechou os olhos, sentiu o perfume de sua mãe se misturar ao ar condicionado da cabine e o avião recuperou a estabilidade. Quando era adolescente, Juana sonhava em ser como a protagonista do romance que agora estava lendo: conhecer as ruínas de grandes civilizações, visitar museus, solucionar mistérios e desenterrar peças que estavam há muito tempo debaixo da terra. Um de seus desejos mais persistentes era ir àquela antiga cidade da Índia, onde os que querem romper o ciclo de reencarnações vão para morrer. Juana sonhava em ver o pôr do sol em Varanasi e, aos vinte e sete anos, depois de um longo período poupando dinheiro, por fim, viajou para aquela cidade tão antiga. Uma noite, numa estação de trem em Bihar, talvez por descuido, cansaço ou desamparo, se confundiu e embarcou no trem que seguia na direção oposta. A questão é que pegar o trem errado na Índia pode significar muito mais do que se perder.

Quando uma máquina velha parou na estação, a garota mal pensou. Deu um salto e entrou, evitando que lhe pedissem o bilhete. A bordo, os poucos passageiros pareciam estar dormindo e não havia guardas à vista. Então sentou-se para ver como a alvorada começava a se insinuar na paisagem.

Quando os vestígios da noite se dissipavam, apareceu no fundo do vagão um soldado com uma metralhadora cruzada no peito. Ele mal olhou para a garota, mas ela conseguia ver seus olhos pequenos deslizando de um lado para o outro. Poucos minutos depois o homem voltou, tirou a boina e passou os dedos no cabelo. Em seguida levantou uma perna, apoiou-a no assento vazio e lhe perguntou para onde ia. Com um fiapo de voz, Juana respondeu que estava indo para Varanasi. Ele assentiu e fixou os olhos no meio das pernas dela. Perguntou de onde ela vinha e, antes que ela pudesse completar o nome do país, ele disse: Ahã. Lá tem homens como eu? Muitos, Juana respondeu. Você sabe pelo que somos conhecidos?, perguntou o soldado. Juana negou com a cabeça. Pela espessura do nosso pênis, ele explicou. A garota não sabia o que responder. Às vezes são grossos assim, disse ele, medindo o punho.

O trem varria o deserto lá fora. Por um instante Juana pensou que acabaria morta, com um tiro na cabeça, disparado naquela amplidão seca. O sujeito deixou a metralhadora ao lado dos assentos e se acomodou na frente dela com as pernas abertas. Sua calça apertada marcava a protuberância. A garota sentiu pavor e também uma pulsão estranha, semelhante ao desejo. Mas não chegou a experimentá-lo. Porque no momento em que o soldado estendeu a mão para ela, Juana já não estava inteiramente em seu corpo, ela ia e vinha, de forma acelerada. Seu olhar ia do vagão para a paisagem e do seu assento para o do homem. De cima para baixo e de um lado para o outro. Por isso, quando a mão do soldado pousou na virilha da garota, ela estremeceu. E, em vez de gritar ou afastá-lo, ejaculou.

Juana notou que a cara do soldado havia mudado. Percebeu certo constrangimento infantil na expressão dele, com o qual também se identificou. Quando a garota se levantou, ele recolheu a mão. Cambaleando como pôde, Juana foi até o outro extremo do vagão enquanto via que sua calça estava manchando. Dentro do banheiro não havia espelho, nem água, nem papel higiênico, então Juana pôs a cabeça para fora da janela e sentiu uma rajada de vento forte no rosto. O vagão foi se iluminando com a luz dourada que vinha do fim daquele descampado.

Mais adiante, a aguardavam o rio e um e-mail pelo qual ficaria sabendo da morte do irmão mais novo de uma amiga. Um acidente. Uma morte surpreendente e brutal numa via expressa de Santiago. Juana, que não conhecia o menino, seria impactada por essa vida arrancada de repente. Durante o dia, veria crianças explodindo bombinhas nas ruas de Varanasi enquanto o sol se ocultava atrás de uma névoa imóvel. Veria mulheres e homens celebrarem a noite mais escura do ano. Todos estreando roupas novas ao abrirem as portas e as janelas de suas casas recém-pintadas para deixar entrar a luz ofuscante dos fogos de artifício. Veria cadáveres humanos despedaçados por cães famintos à beira do rio, olhos de homens loucos iluminados por piras funerárias e colunas de fumaça subindo alto. Distante da morte daquele menino, mas sentindo-a próxima, ficaria com a impressão de que fins abruptos também podiam ser vivenciados como uma continuação. Embora talvez essa não fosse bem a palavra.

A mãe soltou um ronco que expulsou Juana de suas lembranças. O avião cruzava o céu noturno e, dentro da cabine, ouvia-se um zumbido mecânico e persistente ritmado com as bufadas dos passageiros. De repente, a garota notou que alguém se aproximava pelo corredor. Era um homem que dava passos curtos e roçou um pouco a coxa ao passar por ela, mas o suficiente para incomodá-la. Ela o viu abordar uma comissária de bordo para discutir algo em voz baixa. Ao mesmo tempo, sua mãe cruzou os braços. Nada de crucial havia acontecido entre elas desde que o avião decolara e, por isso, Juana estava ansiosa.

– Mamãe – a filha lhe dissera umas semanas antes, em um restaurante de que ambas gostavam, depois do almoço –, vou começar o tratamento de reposição hormonal.

M sustentou seu olhar, inabalável.

– Você tem mil pesos?

– O quê?

– Mil pesos.

Juana demorou a entender.

– Acho que sim – ela disse, vasculhando os bolsos.

– É que não sei se tenho dinheiro para pagar o estacionamento – respondeu M, jogando o cabelo para o lado.

Juana encontrou uma nota e empurrou para ela por cima da mesa. M guardou a nota na mão, e com a outra mão pediu a conta. A filha esticou os braços com as mãos abertas, tentando alcançar as de sua mãe, mas M fez que não viu. Antes era a mãe quem lhe pedia beijos a cada cumprimento, mas agora ela restringia o contato físico ao mínimo. Quase não se encostavam. A pele da garota era o invólucro do seu corpo, mas também um sistema sensível de comunicação com o entorno. Juana queria tanto ser vista quanto acariciada. De outro modo, a vida não era possível. A garota sentia sua pele registrar todas as oscilações de temperatura de tudo em que tocava. O braço débil de M, o estofado frio e áspero do assento. Juana tinha lido que a pele era paradoxal, pois contribuía para uma ordem orgânica e imaginária e, na mesma medida, era "uma camada protetora da individualidade e um meio de troca".

Seus mamilos doíam ao roçar a camiseta, e ela pensou que talvez os brotos mamários estivessem começando a aparecer. Essa ideia a deixou, ao mesmo tempo, empolgada e apavorada. O que aconteceria se M os notasse? Pôs as mãos no peito e, sem que tentasse dormir, caiu num sono profundo. Com o peso da cabeça, foi tombando para o lado, até cair no ombro de sua mãe, e as duas, distantes de seus corpos, ficaram assim, se amparando.

Juana sonhou que M a mandava comprar peixe para o almoço e que ela teve que correr pelos becos de uma cidade portuária, até chegar a uma feira de rua onde o chão estava molhado e a barraca de peixe já tinha sido desmontada. Alguém lhe orientou, numa língua que ela mal entendia, a continuar procurando mais para baixo, perto da costa. E ela seguiu nessa direção até que, no fim de uma viela de casas geminadas, avistou duas enguias negras enormes atiradas ao chão. Quando se aproximou, percebeu que elas agonizavam. Serviriam para o almoço? Não queria matá-las. No instante em que ia apanhá-las, apareceu atrás dela uma matilha de cães raivosos. Juana, aterrorizada, usava as mãos para pedir aos cachorros que se acalmassem, mas eles, com o focinho espumando, cercavam-na mostrando os dentes. Então alguém, que parecia estar fora do sonho, lhe disse claramente para escolher bem o que faria. E a lembrou de que ela precisava não só se alimentar e alimentar sua mãe, mas também muitas outras. Quantas mais? – Juana perguntava sem se mexer. E a voz respondia: Umas cinquenta mães e filhas.

Quando abriu os olhos de novo, já tinha amanhecido e um raio de sol iluminava M de perfil. Aquele dourado acentuava suas lindas rugas e ao mesmo tempo deixava metade de seu rosto na sombra. Juana queria acordá-la e dizer que ficava feliz por estar perto dela, mas, quando a mãe abriu os olhos, não conseguiu nem perguntar se ela tinha dormido bem.

– Oi, meu amor – disse M, estalando os dedos, e Juana respondeu com um sorriso.

Viu-a esfregando os olhos e lhe pareceu extraordinário que ela própria já tivesse estado dentro daquele corpo que espreguiçava ao seu lado.

Chegaram ao aeroporto JFK numa manhã clara de setembro. O avião pousou sem problemas e a primeira coisa que M disse quando encostaram no solo foi que estava com dor no dente. Juana não respondeu, mas depois de passar pela alfândega e pegar as malas, esperando um táxi fora do terminal, olhou para ela e perguntou se a dor era forte. M tirou a mãozinha do bolso do casaco e fez um gesto no ar, querendo dizer que doía, mas que era suportável. Juana assentiu e se perguntou se essa não era uma forma de manipulação. Inquieta e ao mesmo tempo com sono, ficou olhando para ela. Sabia que M ainda a via como seu filho mais velho e que, pelas costas, se referia a ela pelo seu antigo nome.

Costuma-se chamar o nome próprio anterior à transição de *nome morto* e, para algumas pessoas, após os hormônios, ele se torna impronunciável. Mas Juana gostava do seu. Respondia *presente* em sala de aula quando os professores pronunciavam esse nome, tinha se apaixonado por homens que a chamavam por esse nome. Na verdade, ela acreditava que esse nome estava apagado apenas em parte e, conforme o vento soprasse, como naquela manhã em que chegou a Nova York com M, se dava conta de que ele ainda a acompanhava.

Durante o trajeto até o hotel, mãe e filha ficaram em silêncio, exceto por um momento em que os olhares de ambas se voltaram para os túmulos do cemitério que se avistava da rodovia; com montes cheios de cruzes e lápides de cimento. "Aí", disse o homem ao volante, "tem mais de três milhões de corpos enterrados". M girou a cabeça para perguntar se era um cemitério católico. Era, sim. E depois Juana viu em seu telefone que, segundo a Wikipedia, a primeira pessoa enterrada ali foi uma mulher que morreu "de coração partido". M, que estava no banco da frente, olhou pela janela e apoiou a mão na lateral do rosto, como se aquela informação lhe causasse um desinteresse profundo. Juana pensou em um desamor parecido com a morte.

O hotel ficava no centro da cidade, na altura da rua 52, e o quarto para onde foram levadas após o check-in ficava no piso 12 e ½. O recepcionista explicou que os hóspedes – em geral – não gostavam do número 13 e, por isso, alguns hotéis da cidade o omitiam. M, que era supersticiosa, assentiu. A porta delas era a primeira à direita, ao lado do elevador. O quarto tinha carpete azul e a janela, que dava para um edifício corporativo, era emoldurada por pesadas cortinas de cor amarela. Havia duas camas com cobertores macios e acolchoados e, na frente delas, uma poltrona, uma escrivaninha, um armário e um espelho. Enquanto Juana punha as malas ao lado do guarda-roupa, viu como M olhava em volta e, sem tirar o casaco, se sentava num canto da cama que escolhera para ela. Surpreendeu-se ao flagrar sua mãe, dissimuladamente, colocando a mão no queixo.

– Aconteceu alguma coisa?

M negou com a cabeça e, para desviar a atenção, abriu a bolsa e escovou o cabelo. Juana reparou que, acima dela, estava o único quadro pendurado naquele quarto, uma pintura de marinha. Nela, o mar parecia açoitado por uma força obscura e insolente vinda das profundezas. Na verdade, as ondas pareciam realizar uma cerimônia de exorcismo. As cristas, quebrando-se numa espuma destacada por pinceladas brancas, provocaram-lhe consternação, pois pareciam ao mesmo tempo o desfecho das ondas, uma espécie de ponto culminante, e manchas que tentavam encobrir alguma coisa. Tentou pegar o quadro para ver se, retirando a moldura, haveria alguma marca ou assinatura, mas o quadro estava grudado na parede.

    M insistiu para darem uma volta, então foi o que fizeram. Já na rua, Juana comprou um café para ela e um chá com leite para a mãe. Depois de uma curta caminhada, a mãe parou e disse à filha que não aguentava mais. A princípio, Juana pensou que teriam ali mesmo, no meio da calçada, com os copos descartáveis na mão, a conversa que vinham evitando. Eram nove da manhã. Mas M fechou os olhos, deixou cair o chá, que explodiu na calçada, e pôs a mão na bochecha. Meio gaguejando, explicou que estava doendo. Muito? – Juana perguntou, chegando mais perto. Como se tivesse levado uma martelada na mandíbula, ela respondeu. O que vamos fazer? – perguntou a filha.

    – Quero morrer de tanta dor – disse M.

    Juana lhe deu o braço e deixaram para trás a poça de chá. Sentiu que o corpo de sua mãe tremia. Da recepção do hotel, ligaram para a seguradora e marcaram uma consulta de emergência em uma clínica dentária próxima. Enquanto esperavam, M ficou recostada num sofá do lobby. Com a cabeça para trás, acordada, mas com os olhos fechados. Já Juana folheava seu livro, mas não conseguia ler nada. Pouco tempo depois, o recepcionista sinalizou que uma dentista as esperava. Caminharam os sete quarteirões de distância até o consultório, onde uma jovem dentista sem expressão no rosto – que as duas acharam bonita – examinou a boca de M e explicou sem rodeios que teria que arrancar o dente infectado. É grave? – perguntou a filha. É grave se não o tirarmos, respondeu a dentista.

    Meio que brincando, Juana disse que, se a viagem começava assim, podiam imaginar como terminaria. Mas nem sua mãe nem a doutora riram. Enquanto M estava sendo sedada, a dentista prendeu o cabelo em um coque bem apertado e afastou Juana para o lado. Com um sussurro, explicou que sua mãe provavelmente havia quebrado o molar durante o voo. Como? – Juana quis saber. Trincando os dentes até quebrar um pedaço – ela respondeu como se aquilo fosse um contrabando de informação.

Na porta do setor, M lhe entregou a bolsa e com o que lhe restava de voz disse que ficaria bem. Juana não se surpreendeu que sua mãe a tivesse acalmado e se emocionou ao ver a sua cabeça desgrenhada se afastando na maca até o final do corredor.

Uma assistente lhe explicou que a operação demoraria quatro horas e, embora esse tempo a princípio lhe parecesse razoável, logo que saiu na rua, Juana se viu sem saber para onde ir. Estava agoniada e fazia calor, então caminhou com os braços cruzados até dar de cara com o prédio da biblioteca pública na rua 42. Lá se sentou por um tempo na escada. Viu passageiros de banho tomado entrando na boca do metrô e outros saindo de calças úmidas e com marcas de suor nas camisas recém-lavadas. Esfregou os olhos, sentiu no corpo o peso do voo e, olhando para as mãos riscadas com restos do delineador, se perguntou se não tinha sido uma péssima ideia pedir a sua mãe que a acompanhasse.

Pensou em escrever para Borja. Desde que retomaram contato, sentia-se bem ao lado dele, embora só ficassem deitados juntos, sem dizer quase nada. Ela gostava de vê-lo varrer. Borja tinha se afastado gradativamente do direito e alugara um antigo galpão próximo ao cerro Cárcel*, que antes fora uma fábrica de

---

* Morro na região de Valparaíso, no Chile, que tem esse nome porque lá ficava um antigo presídio. [N. da T.]

tecidos e madeiras. Quando abriu as portas pela primeira vez, viu que o lugar estava coberto de poeira, terra e lixo, pois tinha sido abandonado havia décadas, e a primeira coisa que ele fez foi varrer. Após a limpeza, é preciso remover a imundice. Jogar fora. Tirá-la de vista. Mas, em vez disso, Borja resolveu acumular a poeira, a terra e o lixo que cobriam o piso do galpão, e os deixou em um canto do local. Esse foi, pensou Juana, o primeiro gesto de apropriação que ele teve.

O que Borja fazia no galpão, além de experimentar fazer cerâmica no torno, era observar como as coisas se davam. Juana passava um tempão naquele lugar enorme, acompanhando-o e cuidando dele. Quando ia a Valparaíso conversar e trabalhar com o homem que fora seu primeiro parceiro, ela o observava enquanto ele se movia de um extremo a outro. Juana havia visto como ele falava sozinho enquanto explorava o jardim do galpão e carregava os materiais até o torno. Não que ele a ignorasse, muito pelo contrário, mas se esquecia da presença dela. E a garota sentia que podia ficar ali, tranquilamente. Ambos entendiam que suas identidades se desdobravam na medida em que passavam o tempo juntos, sozinhos, naquele lugar. Juana sentia que sua transição era uma força que havia começado, que avançava, mas que não tinha fim. E que ocorria quando tinha onde ocorrer.

Mas não ligou para Borja. Reviu as fotos que havia tirado no galpão quando o visitara e, ao passar os dedos pelas imagens que apareciam no seu telefone, foi recuperando o ritmo cadenciado da respiração. Logo perdeu o interesse pelo que surgia na tela e sentiu que finalmente chegara àquela cidade onde havia morado seis anos antes.

*

    Depois da extração do dente infectado, recomendaram a M repouso absoluto. A dentista de rosto inexpressivo receitou analgésicos e antibióticos e disse que ela poderia descansar durante a estadia na cidade. Mas M não estava com sono, até insistiu em voltar a pé para o hotel. De volta ao quarto do andar 12 e ½, Juana viu como sua mãe vestia a camisola, se acomodava entre os lençóis e, entusiasmada, começava a responder às mensagens em seu telefone. Eram três da tarde e as duas continuaram em silêncio. Em geral, Juana gostava de ficar quieta e acompanhada, então decidiu relaxar e tirou da bolsa o livro que Borja lhe dera de presente.

    Era a primeira vez que ela voltava a Nova York como turista. Sentia falta da antiga vida de estudante, mas não romantizava esses anos em que também se sentira terrivelmente solitária. Foi nessa época que começou a estudar obras não terminadas, obras raras, descartáveis, menores, que em geral não eram expostas em museus, mas encontradas em arquivos ou coleções particulares. Muitas obras inacabadas eram consideradas malsucedidas. Só umas poucas estavam catalogadas, e eram escassas ou de difícil acesso. Isso convinha a ela, que também não gostava de museus. Ia apenas se pudesse chegar bem cedo, assim que abrissem, e se sentava nos bancos das salas para ver casais de idosos passeando em frente às obras. Via-os de costas, concordando ou discordando com a cabeça. Observava-os discutindo, apontando algo nas pinturas e em seguida partindo para outra sala. Adorava essas visitas sem despedidas. Desde pequena admirava a intimidade espontânea que surgia entre uma pintura e quem estivesse na sua frente. Ela própria ocupava esse lugar próximo para deixar que as ideias, quaisquer que fossem, surgissem livremente.

Seu museu favorito era o Met Breuer, um enorme edifício construído em meados do século passado. Dentro daquele bloco de concreto, quase sem janelas, a garota tinha a impressão de estar num templo sem deuses, como se as imagens atendessem a si próprias. Agora aquele espaço estava fechado, mas Juana lembrava claramente que, anos antes, tinha visto ali uma exposição de obras inconclusas que reunia pinturas religiosas do século XV abandonadas no meio do caminho, com autorretratos mal esboçados de diferentes artistas. Lembrava-se de um de Van Dyck em que seu rosto estava virado e envolto numa névoa enigmática que nada mais era do que a própria tela. E dos traços de Heinrich Reinhold que, em poucas linhas, captaram o esqueleto de uma paisagem: os picos das montanhas estavam delineados e pareciam suspensos.

Havia também um retrato de Alice Neel iniciado em 1965, ano em que o governo dos Estados Unidos decidiu aumentar radicalmente suas forças terrestres no Vietnã do Sul. Naquela época, a artista conheceu o jovem James Hunter e lhe pediu que posasse para um retrato. Hunter tinha acabado de ser recrutado para a Guerra do Vietnã, e o plano era que ele partisse em uma semana. Seguindo seu método habitual, Neel começou a delinear o corpo diretamente sobre a tela e depois preencheu com tinta algumas partes da cabeça e das mãos. Mas o garoto não voltou para a segunda sessão e Neel decidiu que o trabalho estava completo no seu estado inacabado. Ela assinou o verso, tendo deixado o rosto de Hunter perfeitamente definido, mas com orelhas imprecisas, como se, imerso em seus pensamentos, ele escutasse outra coisa.

Havia pores do sol esboçados por William Turner e manchas verdes sem título em telas cruas de Cy Twombly. Mãos feitas com poucos traços, corpos sem rosto e sombras em vez de presenças identificáveis. A ideia que rodeava aquela exposição era de ausência, como se faltasse alguma coisa àquelas obras. Mas o quê? Juana ficava intrigada porque as considerava fantasmagóricas e, de certa forma, subversivas. Obras que se recusavam a se transformar em algo concluído.

Durante o Renascimento, quando a ideia de autoria individual começou a se consolidar, houve artistas que, intencionalmente, deixaram obras sem terminar, e outros que antepunham a palavra *faciebat* ao nome na assinatura de suas obras. Esse termo, em latim, poderia ser traduzido como "sendo feita por" e deixava aberta a possibilidade de que a obra estivesse, simultaneamente, concluída e em andamento. A *Pietà* de Michelangelo, aquele enorme abraço de mármore de uma mãe ao corpo morto de seu filho, foi assinada dessa forma. Juana era atraída por essa ideia de continuidade porque considerava a passagem do tempo um fator que incidia sobre a obra, inclusive o tempo posterior à morte de seu autor. Ou seja, considerava que as obras continuavam sendo feitas na medida em que continuavam a ser interpretadas. Perturbada pelo silêncio do quarto, virou os olhos para perguntar como sua mãe se sentia e viu que ela estava dormindo com o telefone nas mãos, como que rezando.

Juana notou que, embora ainda não tivesse escurecido, a luz da mesinha de cabeceira iluminava M, que dormia de lado e ofegava um pouco. A filha vestiu uma capa de chuva verde-oliva e, tentando não fazer barulho, calçou botas de cano baixo e saiu para a rua. Lá fora soprava um vento suave, que varria o calor dos últimos dias de verão. Na rua do hotel encontrou uma *delicatessen* aberta, com um bufê do qual selecionou pequenas porções de diferentes iguarias, pediu embalagem para levar e, em vez de retornar ao quarto do piso 12 e ½, foi em direção ao Central Park. Conhecia um terraço em frente à fonte do anjo onde poderia comer tranquilamente. Ao chegar à Bethesda Terrace, Juana se surpreendeu ao ver que o lugar era tal como na sua lembrança, sentou-se em um dos bancos de onde se via a fonte e notou que as luzes dos edifícios corporativos, que começavam a acender, formavam um enorme halo de cor púrpura no céu.

Deu umas mordidas no que havia escolhido para comer, mas não gostou de nada. Pôs o prato de lado e ficou observando como os homens se escolhiam uns aos outros. Todos pareciam estar dispostos a desviar do seu caminho e sumir no meio do mato para um sexo casual, tanto os que corriam quanto os que caminhavam com as mãos nos bolsos. Atraiam-se sem falar nada, bastava uma inclinação da cabeça ou uma piscada de olho para indicar consenso.

Essa forma de linguagem sempre lhe pareceu impossível e envolvente. Ela nunca soube como se aproximar do que queria. Só depois de começar a transição, se atreveu a abrir uma conta em um aplicativo de relacionamento e, sem pensar, começou a dar *like* nas fotos dos torsos de rapazes que, na sua maioria, escalavam montanhas. Fantasiava encontros com qualquer um deles, imaginava que os despia olhando-os nos olhos, mas também imaginava uma visão aérea que lhe permitia ver de cima a si mesma e ao seu amante. Queria supervisionar de cima cada decisão que o homem que a penetraria fosse tomando. No aplicativo, Juana teve conversas curtas e incômodas. Perguntaram se ela tinha pênis, de que tamanho e se ainda tinha ereções. Alguns queriam saber se ela cobrava por sexo e, em caso afirmativo, qual era o preço por hora. Depois de várias conversas inconclusas, combinou de encontrar um rapaz de cabeça raspada, dez anos mais novo que ela. Ele disse que trabalhava como mecânico em uma oficina automotiva e garantiu que nunca havia estado com uma mulher como ela antes.

Juana o recebeu na porta de casa. Ele era mais alto que ela e estava nervoso, o que de cara lhe agradou. Ele vestia um macacão de brim com os botões abertos, carregava a jaqueta em uma das mãos e um energético na outra. Depois de deixá-lo entrar, Juana ficou olhando atentamente como o rapaz se movia, bem devagar, pelo apartamento. Ele deu uma olhada em volta, abriu a lata, olhou para ela e disse que a achava bonita. Juana comentou que as mãos dele eram lindas. Era verdade. Largas e com os nós dos dedos marcados. Isso deixa você mais tranquila?, ele perguntou, passando a palma da mão no rosto dela. Ele tinha a pele áspera e estava manchada de óleo de motor. Ela assentiu e olhou para o chão, com as pernas trêmulas. Certamente ele notou, porque, com calma, deixou a bebida de lado e lhe deu um beijo. Sua saliva era ácida.

Juana nunca havia se sentido à vontade nua na frente de outra pessoa, mas naquela tarde, enquanto tirava a roupa, o desconhecido à sua frente se encarregou de fazê-la se sentir bem. A certa altura, ele se afastou e disse que gostava de transar de camiseta. Juana olhou para ele com estranheza e o rapaz contou que, quando era adolescente, tinha excesso de peso e que depois de perdê-lo sua pele nunca se ajustou. A naturalidade daquela confissão fez com que ela se sentisse leve e de algum modo bonita, então ela o pegou pela mão e o levou para a cama. Juana despiu--se completamente, sentou-se em cima do rapaz e, pegando o pênis dele com uma das mãos, conduziu-o. Embora sentisse prazer, a garota manteve os olhos fechados pelo resto do encontro. Se a virgindade existisse, a perderia às cegas. Depois de ejacular, o rapaz vestiu a cueca e saiu para fumar na varanda. Juana foi atrás. Ele estava de costas, olhando para o céu. Fazia frio e estava escuro, ela teve vontade de abraçá-lo, mas ele, olhando-a de lado, disse que ficava incomodado com demonstrações de carinho depois do sexo.

O cara saiu da casa dela sem saber que, até então, ela nunca havia permitido que alguém a penetrasse. Poucos dias depois, contou a Borja o que havia acontecido. Ele respondeu: Você está falando sério? Ela enviou a ele os emojis de damasco e berinjela. No ano em que estiveram juntos, nunca fizeram sexo. Em resposta, Borja lhe mandou o emoji de força e chamou-a de *campeã*. Depois, em outra mensagem, perguntou como ela se sentiu. *Bem*, ela respondeu, e Borja quis saber se tinha "perdido" alguma coisa. *O medo*, ela disse.

Depois de ver dois desconhecidos abrindo caminho entre os arbustos do parque, Juana recolheu seu prato, embalou-o na sacola e jogou-o na lata de lixo. Passou rente à estátua de bronze que representava um anjo alado e parou ali por um momento. Por fim, ela voltava a ser ela mesma. De volta ao hotel, no quarto do piso 12 e ½, verificou que M ainda estava dormindo, agora de boca aberta e, por isso, se animou a chegar perto. Tirou uma mecha de cabelo que cobria os olhos de M e beijou sua testa. Sua pele estava quente e úmida.

Existia uma gravura em ponta-seca de James McNeill Whistler que exibia uma mulher de duas cabeças, dormindo. O artista entendia a gravura como um processo experimental em que certas partes de uma imagem podiam não ser desenvolvidas.

Para fazer aparecerem corpos e paisagens, ele raspava linhas na lâmina de cobre e, antes de finalizá-las, as cobria de tinta e imprimia. Em 1863, desenhou uma mulher descansando sobre uma espécie de arco e, debaixo dela, entre os traços brutais com que a sua roupa era insinuada, deixou à vista uma segunda cabeça, também feminina, onde deveriam estar seus pés. Ambos os rostos estavam no mesmo eixo, porém espelhados, olhando para lados opostos. Segundo algumas estudiosas de arte, Whistler mudou de ideia enquanto trabalhava, virou o lado da lâmina e recomeçou o desenho. Mas talvez a imagem principal, de uma mulher lânguida, deitada numa espreguiçadeira, refletisse uma projeção secreta dela mesma. Representada por um rosto flutuante. Uma ideia independente e incontrolável a respeito de si mesma que aparecia com nitidez enquanto descansava.

 Juana deitou-se na outra cama e embora só pretendesse fechar um pouco os olhos, para depois rever a apresentação que faria no dia seguinte, adormeceu. Acordou com o barulho que M fazia ao folhear as páginas do jornal. A filha virou e viu-a inclinada, de óculos, lendo distraidamente. Na bandeja ao lado dela havia restos de café da manhã. Juana perguntou se ela tinha acordado com dor, e M disse que se sentia novinha em folha. A filha duvidou de que isso fosse verdade e tentou lhe dar a mão, mas não a alcançou. Sem desviar os olhos do jornal, M sugeriu que ela pedisse algo de café da manhã. *Sim, mãe*, disse Juana. Mas a garota se virou e ficou olhando para as sancas do teto.

 – Você vai tomar banho? – a filha quis saber.

 – Pode ser – M respondeu e em seguida comentou que na seção de opinião tinha visto uma coluna que falava sobre a importância de ler histórias para as crianças. A mãe fazia isso quando a filha era pequena.

– Mãe – interrompeu Juana. – Por que você nunca aprendeu a nadar?

M continuou folheando o jornal.

– Não sei, meu amor. Já me deram tantas explicações, desde psicológicas até físicas, que já não sei.

Juana notou que M estava de bom humor.

– E o que você acha? – a filha insistiu, virando-se para a mãe.

– Por que essa pergunta? – ela disse, desviando o olhar do jornal.

– Para saber.

– Acho que eu poderia ter sido mais persistente. Só isso.

Mas não era só isso. M sabia que não, Juana também sabia.

– Você tem medo da água?

– Sempre tive.

As duas ficaram em silêncio. M fingiu que algo no jornal a interessava e depois comentou:

– Talvez por isso mesmo eu devesse ter insistido mais, até aprender. Mas naquela época eu era criança e minha mãe tinha outras preocupações.

Por fim, uma brecha, pensou Juana.

– Você tentou aprender a nadar na mesma época em que o vovô morreu?

– Não – respondeu a mãe –, tentei antes. Logo depois que meus pais se separaram. Puseram a Flora e a mim em aulas de natação. Eu só fui duas vezes e não consegui. Já ela continuou.

Os pais de Juana ainda não tinham se conhecido quando o seu avô materno se matou. Depois de uma longa crise psiquiátrica iniciada na juventude, ele decidiu pular do terraço de um prédio. Esse homem tinha um fascínio especial pela Lua e suicidou-se poucos dias antes da decolagem da expedição Apollo 11.

Quando M falava dele para Juana, lhe dizia que seu avô teria gostado de ver a nave espacial chegar à Lua. O pai de Juana, menos melancólico e mais solar, decidiu se matar trinta anos depois do sogro. Fez isso com um tiro. Juana nunca entendeu bem o pai e o avô. Ambos tinham motivos que, acumulados, podiam ser terríveis, mas ainda assim ela estranhava a decisão de antecipar-se ao fim.

Contar às pessoas que seu pai e seu avô tinham se suicidado costumava ser incômodo. Suscitava um silêncio seguido de um embaraço, ao qual depois muitas vezes vinha um "não sei o que dizer" e, na melhor das hipóteses, um "sinto muito". Ela achava que o que essas pessoas "sentiam" era um eco de sua própria dor. Aprendeu a relatar suas mortes de forma ágil para aliviar esse peso. A não narrar como se fosse um drama, mas sim um fato. *Meu pai escolheu morrer, assim como meu avô*, ela dizia. *Meu avô paterno não, o materno. Suicidas de ambos os lados. É uma tradição familiar*, ela fazia graça. Mas ninguém ria.

Havia um caminho preestabelecido? Enquanto se aproximava da idade decisiva em que os homens de sua família acabavam com suas vidas, Juana se propôs a cruzar essa fronteira fazendo algo que nenhum deles fez: transformando o fim em um começo.

– Você gostaria de aprender a nadar?

Ela já tinha feito essa pergunta antes, e M sempre respondia a mesma coisa.

– Não, é tarde demais.

Sua mãe achava que era tarde para aprender e tarde, em geral, para tudo. Juana saiu da cama. Alongou-se diante da janela e percebeu que M a olhava furtivamente pelo espelho.

– A sua apresentação está pronta? – a mãe quis saber.

Juana assentiu e caminhou descalça até o outro extremo do quarto. Ao passar pela cama de M, pegou meia torrada que sua mãe havia deixado na bandeja e comeu numa só mordida. Já no banheiro, deu uma olhada em volta. Tinha azulejos brancos e uma bancada com torneiras de bronze embutidas na parede. O chuveiro ficava junto de uma janelinha por onde entrava luz natural e, quando ela abriu a torneira, ouviu o barulho dos canos velhos entrando em ação atrás das paredes. Quando começou a sair vapor, ela voltou ao quarto para pegar sua roupa íntima e deu de cara com M, como se a estivesse esperando.

– Licença – ela disse, passando de lado.

Enquanto a garota escolhia um vestido curto, claro e cruzado na cintura, a mãe pegou seu tricô, que estava na escrivaninha.

– O que acha? – perguntou, mostrando-o à mãe.

– Teria que vesti-lo.

Juana começou a se despir e viu que M a olhava através das agulhas. Sorriu para ela enquanto se agachava. M pronunciou seu antigo nome com firmeza e, logo em seguida, seu nome feminino com delicadeza.

– Desculpe.

A filha tentou fingir que isso não a afetava.

– Isso sempre acontece – ela respondeu.

A essa frase seguiu-se um silêncio que, na sua tensão, expôs certa vergonha entre as duas. Mas que, ao mesmo tempo, trouxe de volta ao ambiente delas uma intimidade que Juana pensava ter desaparecido. A filha se virou e as duas se olharam. M acelerou a velocidade com que movia as agulhas. Juana tirou o sutiã.

– Isso é difícil para você? – ela perguntou, referindo-se a si mesma.

– Um pouco.

Juana ficou ouvindo as agulhas baterem uma na outra e a água da ducha correr.

– Não quero que você sofra – M disse com firmeza e contou os pontos do longo colete que estava tricotando. Juana sentiu que a conversa estava prestes a terminar.

– Não acho que isso vá acontecer – disse a filha, quando já voltava para o banho. Desapareceu na nuvem de vapor que embaçava os espelhos e envolvia o banheiro numa névoa indistinguível.

Há um quadro de Pablo Picasso, pintado em um pano de prato comum, que só foi descoberto depois de sua morte, quando foi feito o inventário de seus ateliês. Costuma-se dizer que essa obra é, em vários sentidos, uma anomalia histórica: foi pintada em 1914, em pleno apogeu do cubismo, mas a verdade é que nela Picasso explorou um estilo completamente diferente. Retratou um pintor e sua modelo em uma composição classicista. O cenário da pintura é um ateliê e, à esquerda, há um homem, o pintor, sentado numa cadeira, olhando fixamente para a modelo, que está seminua, no meio do quadro. Ele parece observar como a mulher se despe enquanto às costas dela é difícil distinguir o que é paisagem e o que é fundo. Os borrões com que Picasso representou uma e outro são iguais. Aliás, o quadro dentro do quadro também não parece estar terminado.

Diz-se que, pouco depois de começar a colorir o nu feminino, a parede do ateliê e a pintura no cavalete, Picasso parou de trabalhar na cena, deixando visível uma grande quantidade de linhas traçadas que configuravam o futuro daquela obra. Aqueles que estudaram pintura divergem sobre se *Le peintre et son modèle* é uma obra em progresso, cuja finalização permanece incompleta ou uma cuja irresolução foi deliberada. A verdade é que todas as partes iniciadas, pintadas e detalhadas são aquelas que circundam o nu, como se do corpo da mulher surgisse um halo capaz de delinear o seu entorno e um fundo reconhecível. Não tanto para o pintor, mas sobretudo para ela mesma.

Nos dois anos em que estudou em Nova York, Juana morou com um amigo chileno do outro lado de Manhattan, no pequeno apartamento que alugavam em um edifício centenário do Brooklyn. Lá, seus vizinhos eram estudantes, casais jovens e famílias de imigrantes. Ela e H estavam na intersecção de todas essas relações: dois latino-americanos com bolsas de estudo no exterior. Era preciso subir seis lances de uma escada estreita, com degraus excepcionalmente altos, para chegar à sua porta, a última antes do acesso ao telhado. Perto da campainha, para assinalar a chegada, H tinha colado um cartão-postal com um menino de cabelo descolorido se olhando num espelho de mão. Ainda que a imagem dissesse pouco sobre eles, ambos gostavam dela. A janela da cozinha dava para o letreiro de neon da funerária Ortiz, onde os motociclistas e a comunidade porto-riquenha do bairro se despediam de seus mortos, e a janela da sala dava para uma antiga fábrica de sorvetes que ficava ao lado da estação de metrô. Da sala de jantar, ouviam-se os velhos vagões da linha J bambeando os trilhos metálicos da ponte quando cruzavam o rio.

Depois do banho, H saía do banheiro para o seu quarto com a toalha amarrada na cintura. Juana preferia sair vestida. Para ele, era difícil encontrar as palavras quando acordava, e ela, ao contrário, mal abria os olhos e já podia retomar uma conversa da noite anterior, mas tomava cuidado para não falar muito, sabia que o amigo era mais do silêncio. Durante o dia se viam pouco. Embora cursassem mestrado na mesma universidade, os horários das aulas não coincidiam. Quando Juana voltava para casa à tarde, ao abrir a porta, via H curvado sobre a mesa, lendo ou escrevendo algum texto. Ele estudava teoria do drama, e ela história da arte. Em geral, comiam o que compravam numa delicatéssen perto da universidade depois das sete da noite, quando baixavam os preços e se desfaziam das sobras. Depois de quatro semestres em Nova York, dava no mesmo se fosse uma *cobb salad* ou uma porção de *mashed potatoes*, todos os pratos tinham o mesmo sabor. Embora Juana sempre quisesse conversar, às vezes se sentavam, comiam e não diziam nada um ao outro. Também podiam passar uma refeição inteira debatendo uma descoberta para suas dissertações.

Nessa época, Juana publicou um fanzine com um ensaio sobre uma série de pinturas brancas de Agnes Martin que, à primeira vista, pareciam todas iguais, mas pequenos traços feitos a lápis de grafite as diferenciavam. De sua cama, H lhe deu sua opinião. Ela o ouviu de pé, apoiada no batente da porta, temendo que o que ele fosse dizer a machucasse. H tinha dúvidas sobre o título do projeto e se perguntava se algum dia ela se animaria a escrever algo mais pessoal. Juana ouvia as observações atentamente, sobretudo quando ele prolongava os silêncios entre as frases. Não sabia se deveria interrompê-lo ou esperar que ele prosseguisse. Esses intervalos lhe davam a oportunidade de reformular algo que tinha dito ou de dar um assunto por encerrado de forma dramática.

Naquele último semestre, H ficou mais reflexivo, mais cauteloso na escolha de suas palavras, o que Juana achava ao mesmo tempo atraente e perturbador. Começou estudando os *celebrity impersonators* e depois se concentrou na figura do dublê. Essa virada na sua dissertação refletia um aspecto inexplorado da sua própria vida: H era um de dois, seu irmão gêmeo morrera no parto, havia mais de trinta anos. Embora quase nunca falasse do irmão ou da possibilidade de que ele tivesse vivido, Juana sentia que esse outro seguia perto dele sem se pronunciar.

As janelas de seus quartos davam para a autoestrada que se erguia sobre a rua 4 Sul e, dali, eles ouviam os carros desacelerando para fazer a curva que levava ao Queens. Esse barulho, que incomodava H, para Juana tinha efeito sedativo. Em geral, ele se debruçava no patamar da escada metálica da fachada e lá ficava, de braços cruzados, olhando para algum ponto distante. Ela preferia ficar de costas para a janela e sentir como o barulho dos carros a ajudava a dormir. Os quartos dos dois eram separados por uma parede de concreto, mas Juana sentia a presença de H perto dela. Se levantasse a voz, ele podia ouvi-la facilmente. Às vezes subiam juntos para o terraço e de lá observavam outras vidas que pareciam reflexos das suas, ficavam rodeados por prédios de tijolos construídos há mais de cem anos, onde outros casais arrumavam as camas, discutiam, faziam sexo ou fumavam. Para além do rio East dava para ver as pontas dos arranha-céus de Manhattan, que Juana às vezes achava mais parecidos com uma ideia distante do que com uma cidade.

Numa das primeiras noites daquele verão, H encontrou na rua um cordão de lâmpadas que pendurou na janela da sala e, para inaugurar a nova decoração, convidou Juana para sentar-se com ele e fumarem na sala de jantar. Os dois estavam de roupa íntima ouvindo música e se revezando na escolha das canções. Era uma maneira que eles tinham de dizer coisas um ao outro, sem falar. Nessa noite ficaram acordados até muito tarde, fumando e ouvindo música. No dia seguinte, que amanheceu claro e quente, tomaram café da manhã ali mesmo. Antes de tirar a mesa, H perguntou pela última vez: *Vamos?* E ela respondeu *vamos*, então tomaram banho e saíram. Diego, um amigo que viam pouco, mas que adoravam, tinha conseguido uma caminhonete e iria buscá-los para passarem o dia em Fort Tilden, uma praia abandonada na península de Rockaway.

Planejavam tomar banho de mar, algo que há meses desejavam. As bolsas de estudo de H e Juana terminariam em pouco tempo, então seria o último verão deles em Nova York. Ela pôs na bolsa a mesma toalha com a qual tinha se secado do banho, um maço de cigarro mentolado e algum dinheiro. Na escada, H perguntou se ela estava com as chaves e Juana as fez tilintar no bolso. *O que houve?*, ele quis saber enquanto esperavam na rua. Fazia calor. *Nada*, ela respondeu, acendendo um cigarro. Naquela época fumava até um maço por dia. Mas H sustentou o olhar, intuindo que havia algo mais. *Esqueci o livro que estava lendo*, Juana disse para tranquilizá-lo, e ele riu porque sabia que nenhum dos dois ia subir para buscá-lo.

O mapa na tela do celular mostrava que estavam a poucos quilômetros da praia, mas levaram quase duas horas para chegar. Juana estava no banco de trás da caminhonete, ao lado da janela. Dali avistou o fim da península e a estrutura suspensa de uma ponte da marinha. Alguém disse que o vão central da ponte se abria para que os navios pudessem passar por baixo dela e H não se surpreendeu com isso. Juana achou que era um sinal da quebra de alguma coisa, e por ali seguiram. Ficava perturbada com a tranquilidade permanente das quadras residenciais, dos jardins dianteiros e das suas varandas cobertas de flores ornamentais, todas com bandeiras dos Estados Unidos, que tremulavam quando a caminhonete passava. Num dado momento, após pegar uma curva, a garota começou a perder o sinal do celular e sentiu que estava longe, H dormia ao seu lado.

Assim que chegaram e estacionaram a caminhonete num descampado, iniciaram uma lenta procissão por uma estrada de terra entre os juncos que cresciam nas dunas. Esse caminho levava para o litoral. Juana ficou maravilhada com a extensão da paisagem e com o modo como a areia embaraçava as bordas dos corpos que descansavam. Desde 1917 até meados da década de 1990, essa praia havia funcionado como instalação do Exército estadunidense. Ao redor, ainda havia edifícios militares vazios e bases de artilharia costeira cobertas de ervas daninhas. *Aqui?*, ela perguntou. *Melhor aqui*, disse D. Juana olhou em volta e viu E sacudindo a areia do corpo, F tirando fotos e K já estirado na toalha. H ficou ao lado dela e passaram protetor solar nas costas, a pele dele era coberta de pintas. Juana tinha engordado no inverno e quis se cobrir com uma canga. Quando se acomodou na areia, disse que tinha lido que daquela praia decolou o primeiro teco-teco que cruzou o Atlântico, da América até a Europa, e H lhe perguntou em que ano tinha sido isso. Ela quis checar no celular, mas não havia mais sinal, então o guardou dentro da bolsa. O céu estava claro e as ondas impediam que os garotos escutassem suas próprias vozes, então ficaram em silêncio. F levantou a toalha para fazer sombra, mas não funcionou. Resolveu tomar sol de topless e D fechou os olhos como se estivesse meditando.

    Depois de um tempo olhando para o horizonte, Juana se levantou e se aproximou da beira do mar. Sentiu-se atraída pela força do mar e quis cair na água, mas não se atreveu a entrar sozinha. Voltou até o grupo e chamou H para mergulhar com ela. Na praia não havia salva-vidas, apenas bandeiras vermelhas alertando sobre o perigo de entrar na água e umas fileiras de pedras que os militares usavam como quebra-mares nos seus exercícios. H franziu o cenho. *Vamos*, ela insistiu fazendo bico, e conseguiu que ele lhe desse a mão. H não tirou os óculos de sol para deixar claro que não se molharia. As ondas rebentavam e logo se dissolviam em espuma aos seus pés; Juana achou provocadora essa violência inicial do Atlântico, sentiu que propunha a eles uma brincadeira. Passou a mão no peito de H e ele se aproximou. H diz que a água os derrubou, mas Juana acha que foram eles que quiseram se deixar levar. O mar batia nos joelhos, mas se agitava com uma força inusitada e a pele de H reagia eriçando-se a cada golpe. Juana olhou o comprimento dos seus dedos, os seus mamilos, o seu sorriso entre as gotas de espuma. De novo estendeu a mão procurando por ele. A certa altura quis lhe dar um beijo, mas o mar estava preocupante. Uma onda os separou. Juana ficou debaixo d'água sem ouvir nada e, quando voltou à superfície, sentiu que o som da sua respiração rasgava o céu. Não teve tempo para mais nada. Imediatamente outra onda estourou em cima dela.

Em todos os idiomas há uma letra que tem seu lugar no alfabeto, mas que não se pronuncia. Em espanhol é a sexta consoante, que também não tem som nas outras línguas românicas. Entretanto, está ali como que apontando algo: uma advertência. Para Juana, nessa manhã, a costa era o único sinal conhecido, e no meio das ondas ela não conseguia saber onde começava ou terminava o mar. Esticou as pernas e não encostou no fundo. Esticou os braços e não encontrou H. Ele se lembra de tê-la visto bracejar e recuar. Ela se lembra de uma força puxando-a em direção ao horizonte. Seus olhares se encontraram fugazmente no breve espaço entre duas ondas, e se perderam de vista. Engoliam água, estavam assustados e se viram longe da costa. Longe um do outro. H conta que a água o empurrou em direção às pedras e Juana o viu colidir com elas. Até então ela sentia que os dois estavam se afogando, mas quando o viu, magérrimo, nu e lindo, agarrado às pedras, pensou que ele se salvaria e ela não. Viu-o ficar de pé com dificuldade e chamá-la gritando sem voz.

Em meio ao esforço e à desordem, no meio das ondas que quebravam em cima dela, duas visões sobrepuseram-se à água: uma era de uma enorme cavidade escura e silenciosa onde a vida começava e terminava, e a outra, a figura solitária de sua mãe. Juana a viu parada, olhando para ela, sem poder fazer nada. Embora estivesse no outro extremo do continente, alheia ao que se passava naquela praia, M estava lá, presente e nítida. Um raio de sol a cegou e expôs a profundidade da cavidade escura que estava debaixo dela. Juana se sentiu extremamente atraída por aquela sombra sem fundo e teve certeza de que, se parasse de dar braçadas, não seria terrível. Morrer era também uma possibilidade de descanso. Um abraço. A água ao seu redor subia em curvas brutais e se desfazia em centenas de gotas que a cada golpe voltavam a se integrar à superfície do mar. Soltou um grito. E depois outro. H não conseguia escutá-la. O horizonte não era uma única faixa, nem o litoral, ambos formavam um enorme emaranhado de linhas exasperadas.

Do centro do seu peito surgiu uma força desconhecida que lhe permitiu continuar nadando e, com dificuldade, começou a nadar em diagonal. Assim, surpreendentemente, descobriu que podia escapar da correnteza. De repente, dar braçadas já não era impossível e, tal como aconteceu com H, seu corpo também bateu nas pedras. A pancada foi elétrica, uma surra, e sua pele parecia nova, como se estivesse exposta ao sol pela primeira vez. Andar pela superfície irregular daquelas pedras enormes era doloroso, então tentou se segurar enquanto as ondas quebravam em cima dela. Quando percebeu que do outro lado das rochas a água estava calma, se lançou naquela direção e de súbito bateu em um banco de areia. Nessa altura sua memória sofre um corte. Juana sabe que se aproximou trêmula de onde estava H e que ficaram um tempo se olhando; ele disse que pouco a pouco a voz voltou e se perguntaram em um sussurro: *Você está bem?* Ninguém ao redor parecia ter se dado conta do que havia acontecido. *Estou, e você?* Um vento começou a secá-los. *Estou bem. Bem*, repetiram.

Eles se abraçaram e notaram que, neles dois, saía sangue dos cortes feitos pelas pedras. Viram aquela matéria viscosa e vermelho-escura se misturar com a água translúcida a seus pés. H lembra que Juana propôs que se limpassem ali mesmo, como forma de saírem reconciliados do mar, mas ela não se lembra disso e, se foi capaz de articular sua memória, é porque criou uma imagem a partir do relato de H. Ele conta que os dois caminharam até onde seus amigos estavam e que, à medida que foram se aproximando, começaram a ouvir as vozes e não suportaram o fato de que estivessem rindo. Segundo H, passaram ao largo e chegaram ao fim da praia, onde já não havia banhistas. Sentaram-se e ali ficaram até que D foi buscá-los. Juana sabe apenas que o fato de poder respirar o ar livremente, sem o peso da água, lhe pareceu extraordinário.

Naquela tarde voltaram para o Brooklyn sem mencionar nada do que havia acontecido. Na parte externa da porta do apartamento estava *le garçon au miroir*, ainda olhando para o próprio reflexo. Juana girou a chave e percebeu que sua mão tremia. Dentro de casa, o sol da tarde passava pelas vidraças, iluminando as paredes da cozinha com grandes raios. A letra muda é a representação de um som aspirado, como o que ela e

H fizeram ao entrar. Acharam que a casa estava especialmente tranquila, como um jazigo aberto pela primeira vez em muito tempo. Lá estava a escrivaninha sobre a qual H se curvava para ler, o boxe com a cortina de plástico, as duas escovas de dente num único copo. Lá estavam os restos do café da manhã. Seus computadores, os alto-falantes pelos quais ouviram música na noite anterior.

Deixaram as bolsas na sala e deitaram-se na cama de H. Mesmo cansados, sentiram necessidade de conversar, de articular o que tinha acontecido. Diz-se que o silêncio é rompido quando alguém volta a falar depois de muito tempo, mas aqui foi diferente. Romperam um silêncio somente para descobrir outro. *Se a gente tivesse se afogado, ninguém saberia o que aconteceu*, disse H. *Talvez*, ela respondeu olhando para o teto. *Foi a água que nos empurrou para as pedras*, ele disse. *Não sei*, disse Juana, virando-se para a janela. Segundo ela, tinham ido por vontade própria ao encontro daquela força que os esperava.

Depois daquele verão, quando terminaram os estudos, os dois se distanciaram. Juana voltou para o Chile antes dele, e, embora os dois morassem perto em Santiago, se viam pouco. Às vezes ela ligava e pedia a ele que contasse outra vez o que lembrava daquele dia na praia. Juana sempre se surpreendia porque tinha apagado para sempre alguns detalhes da memória e também outros emprestados das lembranças de H. Entre as versões dos dois havia cruzamentos, escoras e vazios. Linhas que se encontravam, se separavam e abriam parênteses entre elas. Embora tenham tido quase a mesma experiência na água, ela nunca confessou a ele o quanto se sentiu atraída a parar de nadar. Juana ouvia H com atenção e temor. Embora às vezes duvidasse e sentisse que estava avançando e recuando a cada tentativa de nadar.

Então ela se virava e parava novamente. Voltava a vê-lo ali, esperando por ela. Expectante. Esticava a mão até onde seu corpo deveria estar e traçava uma linha entre os dois, a mesma que une as verticais da letra impronunciável.

Juana pôs o vestido que escolheu e, após pintar os olhos na frente do espelho, perguntou a M se queria que ela trouxesse algo quando voltasse.

– Tipo o quê? – a mãe perguntou. A dor parecia ter voltado, ela estava afetada e intransigente.

– O que você quiser – ela respondeu.

M negou com a cabeça.

– Não, meu amor. Obrigada. Apenas se cuide e que tudo corra bem.

Antes de ela sair, M lhe disse que sentia muito por perder sua apresentação. Juana assentiu e fez algum comentário amoroso para confortá-la. Pegou a mochila, se despediu da mãe com um beijo na testa e desceu rápido pela escada. O clima lá fora estava ameno, era um dia cinzento e uma leve brisa soprava. A garota ajeitou a gola da capa de chuva e caminhou até a estação do metrô, onde embarcou num vagão que a levou até a parte baixa da cidade. Ao chegar no seu antigo bairro universitário, admirou-se por estar reconhecendo as ruas e andando por elas sem cuidado. Entre suas divagações, imaginou que cruzava consigo mesma, mas com a sua versão do passado, um garoto alto, magro e de expressão triste. Com pouco cabelo na cabeça e olheiras tão marcadas que, do outro extremo da rua, erguia os olhos do telefone e não a reconhecia. Essa imagem ela tirou do transe da caminhada. Estava em frente ao edifício onde havia estudado, respirou fundo e perguntou, ao mesmo segurança que ficava na porta anos antes, onde se apresentavam as pessoas que vinham para o congresso. O homem, severo, deu as instruções e depois disse: *You are welcome, miss*. Nunca ninguém tinha se referido a ela dessa forma.

Juana foi a primeira do seu painel a se apresentar. Relatou a descoberta de uma obra inacabada de um dos "grandes mestres" da pintura chilena: um Prometeu acorrentado, iniciado em 1883 e abandonado em algum momento do mesmo ano. A garota propôs uma leitura da tela a óleo baseada na ausência dos genitais do titã. O pintor teria deixado para a etapa final da pintura a inclusão ou não de algum signo que o identificasse com um sexo. Para Juana era um Prometeu tão masculino quanto feminino. Depois de analisar as pinceladas mais suaves, através das quais ainda era possível ver o grafite com que a cena fora desenhada, a garota apontou desde a tensão entre as ideias de sacrifício e benefício até o ato subversivo de roubar fogo que Prometeu defendia e o quão incendiário era esse gesto, do ponto de vista político.

Após sua apresentação, ouviu as outras duas que compunham o painel. Uma investigação sobre as pedras parcialmente cinzeladas de dois escultores renascentistas e uma análise, de uma perspectiva interseccional, de um quadro de Kerry James Marshall em que uma mulher negra aprendia a pintar com a técnica de colorir por números. Na rodada final, um professor de óculos e camisa abotoada até o pescoço se levantou e disse que faria, mais que uma pergunta, um comentário. Olhando para Juana e as demais palestrantes, trouxe a ideia de que quando alguém iniciava uma obra era porque a considerava de alguma maneira formulada e que isso era, segundo ele, um atestado de intenção retrospectiva. Então, vista dessa forma, nenhuma obra estava "sem terminar". A pesquisadora ao lado de Juana o interrompeu e disse: "Ou, talvez, o que se faz quando se inicia um trabalho seja um atestado retrospectivo de intenção". A discussão girou em torno desse tópico por um tempo. Alguém propôs que uma obra de arte era simplesmente uma maneira de resolver um problema e que, nesse sentido, qualquer etapa da sua produção fazia parte da sua solução; isso interessou a Juana e ela tomou algumas notas no seu caderno. A discussão então voltou-se para o tema dos atos fracassados e depois se dissipou.

Como não houve mais perguntas, o painel foi encerrado. A conferência continuou com outros painéis, mas Juana e suas duas colegas decidiram sair da universidade. As três palestrantes sobre obras inacabadas tomaram café num local em frente ao Washington Square Park e ficaram de se encontrar de novo, mas a verdade é que suas agendas já estavam comprometidas nos poucos dias de passagem pela cidade. Ainda que na despedida tenham se prometido um novo encontro, Juana soube que não aconteceria.

Naquelas ruas, e agora livre da tensão por conta da sua apresentação no congresso, a garota voltou a se sentir uma pessoa local. Entrou na livraria que era a sua preferida do bairro universitário e, ao cruzar a porta, um dos livreiros se surpreendeu: *Long time no see*, disse como se tivesse passado um mês desde sua última visita. Juana sorriu, incomodada por ele não ter notado nenhuma mudança nela. Então finalmente entendeu o que uma de suas colegas quis dizer quando mencionou em sua apresentação "a agonia do acabado". A garota foi tomada por uma frustração que se manifestou no cansaço físico, como se lhe custasse ficar de pé.

Encontrou entre os livros um singular guia turístico de Roma. Embora nunca tivesse ido a essa cidade, o livrinho que tinha em mãos chamou sua atenção e ela passou um tempo folheando-o. Na publicação, as fotografias "atuais" (tiradas na década de 1960) foram coladas em cartões e cobertas por chapas de acrílico que, supostamente, recriavam o aspecto que tinham os monumentos no passado imperial da cidade. Ela achou esse exercício fascinante e absurdo. Juana sabia que essas fantasias tinham sido construídas a partir de histórias e testemunhos e sabia também que Roma nunca tinha sido realmente daquele jeito. Que aquelas chapas eram impraticáveis. Com muita sorte, seriam uma tradução imprecisa de como alguém viveu no passado, de forma romantizada. Mas, apesar disso, teve a impressão de que ressoavam as palavras morte, idealização e transição.

O guia de reconstruções prometia mostrar aos leitores a realidade, *como era e como é*, e para isso sugeria um percurso desde as cabanas do monte Palatino até as margens do rio Tibre. Incluía estruturas icônicas como o Coliseu, o Fórum Romano e o Templo de Saturno. Cada lugar era apresentado com uma breve introdução da sua história e das vidas que aquela construção tinha tido. Ao lado, estavam as folhas translúcidas que completavam as fotos das ruínas com ilustrações realistas de fachadas, colunas, altos e baixos-relevos, esculturas, jardins, arquibancadas e torres já desaparecidas. Juana se perguntou se a motivação daquele guia era a nostalgia, o controle ou a ficção. Principalmente, achou intrigante o contraste entre a foto atual da Domus Aurea e a reconstrução do seu passado: a imagem opulenta de um palácio coberto de mármore e marfim, com tetos pintados à mão, ficava vazia ao virar para a página onde havia apenas ruínas iluminadas e abandonadas.

Embora Juana tivesse herdado a cidadania romana de sua avó, ela nunca tinha posto os pés na Itália. Interrogou M, sim, pois ela viajara a Roma na juventude. Mas sua mãe não lhe contou muita coisa, exceto do impacto que teve ao ver as ruínas que conhecia pelos livros. *Como é o mausoléu de Adriano?*, a filha queria saber. Aquela enorme construção, onde um dos imperadores preferidos da garota planejou que seus restos mortais descansariam, foi utilizada ao longo dos séculos para diversos fins: um túmulo, uma prisão, uma casa papal, uma residência e uma fortaleza. Era conhecida também como Mole Adrianorum e Castellum Crescentii. Mas, para M, era o Castelo de Sant'Angelo. E quando a filha lhe perguntou o que sentiu quando esteve lá, se desvendou alguma coisa do passado imperial, ela respondeu que não. Lembrava-se apenas da emoção de estar onde o papa Gregório I decidira organizar uma procissão penitencial, enquanto Roma era assolada por uma peste. Atravessando a ponte Élio, ela teve uma visão do arcanjo Miguel no topo do mausoléu de Adriano embainhando sua espada. Essa resposta encerrou a conversa. M, ao contrário da garota, era uma devota. A mãe ia todos os dias à missa, onde gostava de se ajoelhar, dar as mãos e perguntar a Deus por que lhe impunha tantas provações.

Na bancada de livros de artes visuais, deparou com um pequeno ensaio que relacionava a experiência como nadadora profissional de Agnes Martin, pintora abstrata sobre a qual havia escrito nos tempos de estudante em Nova York, com o hermetismo de suas telas. Mesmo que custasse mais do que deveria gastar, ela foi com o livro até o caixa. Lá, o jovem livreiro com camisa de mangas arregaçadas perguntou se sua carteirinha de membro ainda estava ativa. Juana hesitou e, embora ainda a guardasse na carteira, respondeu que a tinha perdido. *No problem*, ele disse e a chamou pelo antigo nome.

Naquele bairro ela tinha frequentado aulas por dois anos, lido textos que a deslumbraram, escrito sobre artistas que admirava e também guardado silêncio. Sobre o que estava acontecendo com ela, sobre o que sentia e sobre quem ela era. Ao contrário de H, que logo contou à família e aos amigos sobre o episódio na praia, Juana teve dificuldade em compartilhar o que havia acontecido naquele último verão em Fort Tilden. Embora H conseguisse reviver o acontecimento sucessivas vezes, ela sentia que, cada vez que tentava verbalizá-la, a experiência perdia sua consistência e era banalizada. Ainda que H e Juana guardassem quase a mesma lembrança do que aconteceu, houve um momento em que ele ia se salvar e ela ia se afogar. E isso criava uma distância. Juana experimentara a proximidade daquela misteriosa cavidade escura que distinguiu no fundo do mar e, por um segundo, pensara em atender àquele chamado. Embora tivesse total clareza sobre o fato, era incapaz de admiti-lo. Fazer isso seria assumir que estava cansada e que tinha medo.

Nos meses após aquele verão, foi um custo para Juana voltar a entrar no mar e, em meados de agosto, quando a professora de quem era assistente a convidou, com um grupo de colegas, para sua casa de praia, teve dúvidas se aceitaria. L era uma crítica de arte argentina que há muitos anos dava aula na universidade. Era uma mulher bonita e melancólica, recém-separada. Ela fez Juana e seus colegas lerem textos sem saber quem os havia escrito, em parte para derrubar o mito do autor como gênio e em parte para se referir somente às palavras. Mas, no fundo, esse curso abria a possibilidade de desaparecer, de atribuir uma identidade sem gênero aos textos, e Juana gostava disso. No verão, L se mudava para um balneário em Shelter, uma pequena ilha que ficava a duas horas da cidade, no condado de Suffolk. Para ir de

Manhattan até lá era preciso pegar um trem, depois uma barca e depois adentrar, a pé ou de carro, um denso bosque no qual, além das casas de veraneio, havia cervos.

A casa de L era baixa e comprida e ficava numa das margens menos habitadas, rodeada por pântanos. Juana e seus colegas passaram uma semana inteira lá. Dormiam até tarde, acordavam pouco antes do almoço e iam caminhar ao longo das margens da ilha onde apanhavam pedras para aumentar a coleção de L. Na casa, cozinhavam, liam, bebiam cerveja, conversavam e iam dormir meio de porre alta madrugada. Um dia, depois do almoço, tomando sol na praia, L desviou o olhar do livro e, um pouco irritada, perguntou a Juana por que ela não tinha entrado no mar. As duas estavam debaixo de um guarda-sol que lhes tingia a pele de diferentes tons de rosa. A princípio, Juana relutou em contar e articulou algumas frases evasivas, mas as palavras começaram a sair sozinhas, como se então estivesse botando para fora a água que engolira na praia das bandeiras vermelhas. Explicou que quase havia se afogado.

E?, perguntou L. Juana ficou olhando para ela. *Quando vi que meu amigo ia se salvar, fiquei triste porque quem ia se afogar era eu.* L pôs a mão no rosto e olhou para o mar que estava rebentando mais para dentro. Seus olhos eram verdes e um deles sempre estava parado, como se com esse visse o passado e com o que se mexia, o futuro. Entre esses dois olhos Juana viu com clareza como se cruzava a palavra suicídio. L sabia do que a garota estava falando. A tinha lido, a conhecia. Então, com calma, mostrou a água para ela e, com uma ternura maternal, fez um estalo e disse que não tinha problema. Juana deixou suas coisas perto do guarda-sol. Quando mergulhou, sentiu que o frio não vinha da água, mas de dentro dela e, para contê-lo, nadou com força, margeando a ilha. Depois de várias braçadas, virou-se e viu que o guarda-sol de L era apenas um pontinho rosado e distante. Então parou ali e ficou boiando de costas.

A ilha, vista de lado, desaparecia e aparecia enquanto, no céu, enormes nuvens atravessadas por raios de sol faziam a água brilhar. Juana continuou boiando, movendo levemente as mãos e os pés. *No fundo do mar há um ritmo que está fora do som*, L escrevera anos antes num ensaio. Juana fechou os olhos e sentiu a água tentando entrar em seus ouvidos. Teve a impressão de que havia mais alguém ali, segurando suas costas. Uma força que vinha do fundo. E experimentou, brevemente, uma espécie de expansão horizontal. L havia escrito sobre um *anjo que cobria a Terra com mantas imensas*. Nesse texto, pedia ao anjo que fosse tocá-la. Aquele anjo não eram as nuvens, pensou a garota. Era o nome do amor. Quando voltou a nadar e fez a volta, viu que não havia mais ninguém debaixo do guarda-sol rosado. *O ar entra*, L escrevera em seu texto. *É possível respirar agora.*

Dias depois daquele reencontro com o mar, Juana se despediu de L e de seus colegas. Pegou a barca de volta para a cidade e, ao chegar no Brooklyn, achou seu bairro particularmente vazio, como se o calor tivesse espantado todos os vizinhos. Antes de voltar ao apartamento que dividia com H, ela parou em uma central de chamadas internacionais e discou o único número que sabia de cor. *Alô*, ela disse da cabine quando M atendeu. *Meu amor, é você?* Estava morando fora havia dois anos e nunca tinha telefonado para sua mãe. Juana ouviu um barulho de pratos e risadas. M estava no meio da refeição e achou a maior graça na interrupção. As pessoas com quem estava almoçando perguntavam quem era e M pedia para se calarem. Juana contou o que havia acontecido. M a escutou pacientemente. A filha lhe disse que não podia suportar a ideia de morrer sem dizer que a amava. *Mas aconteceu alguma coisa com você?*, a mãe perguntou. A garota não soube o que responder. *Não, nada?* M enfatizou que estava feliz porque não tinha acontecido nada com ela. *Você está bem?*, ela perguntou antes que a ligação fosse cortada. *Meu amor, você está bem?*

As cortinas do quarto no andar 12 e ½ estavam fechadas quando Juana voltou para o hotel. Na cama, M roncava e estava pálida. A garota tirou as botas e pendurou a capa de chuva verde no armário. Tirou os brincos, que pesavam, e deixou o livro recém-comprado na escrivaninha, ao lado de um pequeno globo terrestre inclinado, que projetava sua sombra sobre a mesa. Já passavam das duas da tarde e não havia almoçado. Atirou-se na poltrona e dali ficou olhando sua mãe. Ela estava com o punho fechado próximo ao rosto e os cabelos colados na bochecha, parecia imersa num isolamento soturno. Pegou o caderno e, sob o título do livro, escreveu com ponto de interrogação se seria possível estabelecer uma relação entre a meditação, a frequência do nado e a representação da cor branca como silêncio.

Juana guardava na aba do seu caderno a carta que M lhe escrevera no dia da sua crisma, além de algumas fotos antigas de família, entre elas um retrato dos seus pais no dia em que se casaram. M estava com um vestido branco de gola bordada e trazia no cabelo um pequeno arranjo de flores prendendo uma mecha. Naquela foto ela parecia tranquila e descontraída. Inatingível. Seu pai, por outro lado, parecia nervoso e complicado. Era um noivo sóbrio e magro. Muito jovem, praticamente uma criança. Estava de pé ao lado da noiva, mordendo a parte interna da bochecha, enquanto M, sorridente e radiante, olhava a cauda do seu vestido.

Juana a levava consigo porque era uma foto boa dos seus pais. Nos álbuns de família havia outras fotos deles abraçados ao pôr do sol, de seu pai e sua mãe na lua de mel em trajes de banho deitados na areia de uma praia, dos dois sentados à porta da primeira casa que tiveram, mas nenhuma dessas imagens capturava bem a assimetria particular do relacionamento deles. Juana se aproximou da cama de M e se aconchegou com cautela. Queria lhe perguntar como tinha sido o dia do seu casamento, se ela se sentira amada. Queria perguntar por que ela tinha escolhido um homem que sempre queria escapulir. Se alguma vez pensou que acabaria com a própria vida. Mas foi abatida pelo cansaço e, aos pés de sua mãe, sentindo-a próxima e cálida, fechou os olhos e se uniu a ela no sono. Durante o cochilo profundo que a grudou na cama, sonhou com um enorme penhasco pedregoso. Estava em frente a uma marina ao cair da tarde. Ali, cada vez que as ondas rebentavam, abalavam a solidez de um muro e Juana tinha pavor de que tudo desabasse.

Mas o quê?

As duas acordaram do cochilo quase ao mesmo tempo, como se o sono as tivesse expulsado juntas de volta ao quarto. Lá fora entardecia e o sol começava a sumir por trás das cortinas. Depois que M lhe perguntou como tinha sido a apresentação, continuaram por um bom tempo deitadas, sem acender nenhuma luz, checando coisas variadas em seus celulares. Apesar de ter dormido, M disse que estava cansada e sentia dor. Como não podia mastigar nada sólido, Juana pediu duas sopas por delivery. Quando chegaram as bandejas, comeram em silêncio, sorrindo uma para a outra. M pediu que ela contasse mais sobre a apresentação e Juana fez um breve relato do que sentiu ao compartilhar sua pesquisa, mas também se deteve na pintura de Kerry James Marshall sobre a qual a outra pesquisadora havia falado. *Não conheço*, disse a mãe. Era um artista que trabalhava recompondo a falta de representação de pessoas negras nas obras dos museus.

M assentiu enquanto punha uma ponta do cabelo na boca, o tema a interessava. Juana contou que nesse quadro em particular aparecia uma artista em seu ateliê, segurando uma grande paleta de cores. O que estava inconcluso não era o quadro, e sim a pintura dentro da pintura. Atrás da artista, num cavalete, havia uma tela que replicava o mesmo quadro, mas delimitado por áreas de cada cor, às quais se dava um número, como se fossem instruções para a pintura. M conhecia essa técnica, de vez em quando era usada nas aulas de artes do liceu.

– Justamente – respondeu Juana.

E disse a ela que ali começava uma série de descréditos da artista que aparecia na obra de Marshall. Na verdade, todos os sinais em torno do ofício da pintora eram problemáticos: primeiro, era possível inferir que ela não sabia pintar ou que pintava de acordo com instruções que alguém já havia traçado anteriormente. Depois, havia o fato de que era uma mulher artista, e não uma mulher modelo, como acontecia na maior parte das vezes. E, acima disso, havia a questão da cor. Era negra. M ergueu as sobrancelhas e, de novo, assentiu. A pele escura e brilhante da mulher da pintura foi, para Juana, uma explicação. Bem como a seriedade da sua expressão e o tamanho desproporcional da paleta de cores que segurava nas mãos.

– Mas está sem terminar? – perguntou a mãe, com autêntica curiosidade.

– A pintura em si, não. Mas a que está dentro da pintura, o autorretrato dela marcado com números coloridos, sim.

– E como se chamava?

– Não tinha título.

A mãe achou essa resposta eloquente. Marshall tinha sido discípulo de Charles White, outro pintor negro que certa vez disse: *A arte não pode simplesmente refletir o que acontece.* Juana gostava dessa ideia das telas pintadas como espelhos que amplificavam a realidade e acentuavam certas questões problemáticas. Concordando com isso, levantou-se e aproximou-se do espelho do quarto. De onde estava, enxergava a si mesma de pé, pelo reflexo da janela alguns prédios já sem os funcionários e, ao longe, copas das primeiras árvores do parque.

A pesquisadora que estudava Marshall disse, na sua apresentação, que se pudéssemos ver como se construía algo, veríamos mais facilmente como aquilo poderia ter sido diferente. Ela suspeitava que Marshall pensava nisso com muita frequência. Essa reflexão inquietou Juana. Como teria sido perceber, falar, começar antes? Deixando sobre a mesa a bandeja com as tigelas de sopa, a garota abandonou essa ideia e perguntou à sua mãe se ela tinha sido apaixonada pelo seu pai. Ela pareceu se distrair com o assunto.

– Para ser honesta – disse, inclinando-se –, me sentia mais mimada do que amada. Ele entrou na minha vida num momento de muita solidão.

– Você se apaixonou?

– A gente se amava.

Juana soltou um suspiro. Sua mãe era especialista em responder sem responder.

– Vocês aproveitaram o namoro?

– Foi uma fase maravilhosa, mas o casamento virou outra coisa.

– E por que você se casou?

– É que eu sempre quis ser mãe.

M deu essa resposta com um sorriso largo, apesar da dor que sentia.

– E a gravidez?

– Foi maravilhosa. Sonhava com você, criei seu rosto, dei seu nome – disse M, fazendo sinal para que Juana se aproximasse. – Eu brincava com você, conversava, contava histórias, chorava junto.

Juana se deitou ao lado dela, deixou sua mãe acariciar seus cabelos e lamentou não se lembrar dessas conversas quando estava dentro dela.

– Foram nove meses de uma relação diferente de qualquer outra no mundo que existia. Achava tão natural chorar com meu bebê, compartilhar minhas tristezas também.

Juana não soube o que dizer, sentira-se muito amada durante a infância, mas também sabia que havia uma dimensão sua que permaneceu invisível até o início de sua transição.

– Quando engravidei de você, minha vida mudou – soltou M.
– Em que sentido?
– Senti que Deus me premiava.
– E quando eu nasci? – Juana quis saber.
– Eu era exigente comigo mesma, como mãe e como mulher. Aquele bebê seria meu e de mais ninguém. Tinha que cuidar da sua vida para sempre.

Juana riu lentamente.

– Não é para rir. É claro que foi difícil, cansativo. Fiz grande parte sozinha.

– Mas mãe...

– Sinto que nasci com a vocação de ser mãe – interrompeu M antes que Juana pudesse censurá-la.

Enquanto M fazia carinho nela, Juana pôs as mãos entre as pernas. Ela nunca teria um parto. Ficou incomodada com isso porque sabia que um neto faria M feliz, mas não queria perder a oportunidade de conversar sobre qualquer coisa, então sentou-se e pegou seu caderno. Tirou da aba uma foto sua, recém-nascida. Era uma imagem colorida, com bordas arredondadas, em que saiu com a pele irritada e o cabelo oleoso. Ela estava envolvida em um colete de lã, nos braços de sua avó materna. Passou a foto para M.

– Eu sempre fui assim?
– Essa bebê não é você – M respondeu, segurando-a.

– Como assim?
– É a Concha.
Concha era sua irmã mais nova.
– Mas mãe, a roupinha é azul.

M riu e explicou que nunca soube qual seria o sexo até nascerem, então levou para o hospital roupas das duas cores e nos primeiros meses vestia os dois bebês com roupas de menino e de menina. Embora a primeira reação de Juana tenha sido de decepção, depois ela gostou de ter se enganado e de se reconhecer numa menina recém-nascida que não era ela. Sem tirar os olhos da foto, M pediu que ela trouxesse seus óculos, acendeu a luminária de cabeceira e ficou olhando para a imagem.

– Como foi hoje, meu amor? – M perguntou.

Juana sentiu que, como já tinha contado sobre a apresentação, sua mãe estava perguntando algo além disso. E pensou em dizer a ela: tudo bem, mãe, mas isto aqui me machuca. Não vejo um fim para o pacto de silêncio que estamos mantendo. Por que fazemos isto a nós mesmas? Estamos aqui sozinhas, podemos aproveitar para conversar. Me magoa ver você agir como se nada tivesse acontecido. Estou mudando e estou cansada de que você não veja isso. Dói ouvir você se referir a mim por um nome que não é o meu, por um gênero que não é o meu. Já tentei dizer que para mim é importante que você me escute, que me reconheça. Que você me veja. Mãe, sou sua filha. Mas, em vez disso, ela comentou que não tinha encontrado o livro que procurava.

– Tenho a impressão de que tudo que eu quero está esgotado ou não existe mais.

– Não diga isso – M pediu.

– Sempre foi assim, desde pequena.

A mãe pediu que ela repensasse essa ideia. Que olhasse em volta e não fosse mal-agradecida. Juana achou que M tinha razão, sentiu vergonha de si mesma e, para mudar de assunto, contou que no quarteirão da antiga piscina, onde nadava quando era estudante, estavam construindo uma enorme residência universitária.

– Não sabia que você nadava quando morava aqui.

A filha explicou que gostava de nadar à noite, quando era fácil encontrar uma raia vazia e cruzar com menos olhares no vestiário. Juana costumava tirar a roupa rápido. E, já de maiô e de touca, ficava um bom tempo debaixo da ducha. Depois entrava na piscina com calma e, assim que começava a nadar, era inundada por uma tristeza inexplicável, que ao mesmo tempo surgia e aliviava enquanto ela nadava. Ela nadava, respirava, submergia, voltava a nadar, emergia de boca aberta e dava com o brilho das lâmpadas halógenas penduradas no teto. Nessa prática constante de prender e soltar a respiração, algo a conectava com uma dor permanente.

Na parte funda da piscina, por regra, sempre havia um salva-vidas trepado numa escadinha branca. Em geral, eram alunos de graduação, vestidos com seus próprios trajes de banho e uma camiseta com a logo da universidade estampada no peito. Ao longo dos dois anos em que nadou naquela piscina, Juana nunca viu nenhum daqueles salva-vidas resgatar ninguém; eles sobretudo observavam os banhistas de longe e esperavam com impaciência pelo término do turno para que retomassem suas vidas lá fora. Juana achava um deles especialmente bonito, um garoto pálido, que parecia ter saído de uma fábula e que nunca prestava atenção no que acontecia na água. Tinha dedos longos, quase deformados, e muitas vezes coçava a nuca com o indicador e depois levava esse mesmo dedo à mandíbula, concentrado no que estava fora da piscina.

Às vezes Juana pensava em lhe dizer alguma coisa, mas ao terminar suas voltas ela saía da piscina sem fôlego, enrolava-se rapidamente na toalha e caminhava de cabeça baixa até o vestiário. Lá tomava banho com a água fervendo, tão quente que queimava sua pele. Numa tarde de inverno, caminhando atrasada para a aula, reconheceu na rua o salva-vidas ruim. Foi a primeira vez que o viu fora da piscina. O rapaz vestia um casaco e um gorro de lã do qual escapava uma mecha de cabelo. Juana cruzou com ele na frente do departamento de Linguística, onde ele estava brigando com outro aluno igualmente jovem. A discussão parecia estar chegando ao ponto alto quando Juana tirou os fones de ouvido e ouviu os garotos se atropelando para falar. Um estava pedindo desculpas para o outro. O salva-vidas abriu a boca e, em vez de dizer alguma coisa, começou a chorar. Juana sentiu uma ruptura. Ela não se lembrava quando tinha sido a última vez que havia chorado na frente de outra pessoa, e a imagem daquelas lágrimas grossas, desfazendo a uniformidade do rosto do rapaz, transformou-se na nostalgia daquilo que desejava.

    Juana deu a M o livro que havia comprado e M disse que parecia interessante. O frasco de *pain killers* que estava na mesinha de cabeceira esvaziava lentamente. Olhando de soslaio, M antecipou o que a filha ia lhe perguntar e explicou que a dor era suportável.

    – Mãe, eu...

    – Você gostava tanto do mar quando era pequena. Eu sentia pânico e você adorava tomar banho no mar.

    – De que você tinha medo? – Juana perguntou, resignada.

    – Não tinha como tirar você da água.

    Não tinha como tirar da água aquela garota que ela foi.

Um dos planos de Juana para a viagem era visitar outra vez o Dia Beacon, um museu de arte contemporânea que ficava a poucas horas da cidade. Lá ela tinha visto uma série de pinturas de Agnes Martin que queria rever e, desta vez, quem sabe, decifrá--las. A ideia era ir de trem com M e passarem o dia fora, juntas, cúmplices, irrefreáveis. Juana imaginou as duas sozinhas num vagão, conversando sobre a vertigem que ambas sentiam no trânsito. Essa fantasia se nutria da lembrança da primeira vez que viajou de trem. Foi numas férias familiares, quando tinha cinco anos. Foram para o sul do Chile com outras famílias, amigos de seus pais e, a bordo daquele vagão que atravessava a paisagem, sentira-se muito próxima de sua mãe. De seu cheiro, seu corpo, sua pele.

Juana lembrava que, antes de chegar a Frutillar, o balneário onde tinham alugado uma casa, pararam num salão de chá à beira da estrada. Enquanto os outros se sentavam a uma mesa comprida para tomar café e comer torradas com geleia, Juana foi ao jardim à procura de M. Encontrou-a num balanço de vime, junto a um par de salgueiros. A mãe tinha cortado o cabelo bem curto naquele verão e parecia um menino. Quando M a viu, pediu que ela se aproximasse e lhe desse impulso. Então, espontaneamente, contou a Juana que ela teria uma irmã. Juana, confusa, perguntou para quê. M respondeu algo sensato e amo-

roso sobre ampliar a capacidade de amar e a convidou a imaginar aquela menininha que já estava a caminho.
— Onde ela está agora? — perguntou.
— Bem aqui — disse a mãe, apontando para a barriga.
Juana deu um passo à frente. Sentia o olhar de sua mãe observando-a. A filha guardava com nitidez na memória a imagem dos sapatos de M, uns tamancos suspensos a poucos centímetros da grama. Lembra que sua mãe parecia triste e que apoiou a cabeça na curva do arco de vime. Dali pediu que a filha lhe desse mais impulso porque não conseguia fazer isso sozinha.

Foi também naquele verão a primeira vez que Juana andou de balsa. Uma tarde, ela e seus pais foram de ferry até Chiloé, uma ilha enorme perto do balneário e, na sua lembrança, acima do convés tudo era vento. O mar era de um azul limpo e impenetrável. O passeio lhe pareceu, ao mesmo tempo, maravilhoso e assustador porque a preocupava a possibilidade de que todo aquele ferro pesado flutuando na água pudesse afundar. Durante a travessia, mal pôde abrir os olhos por causa do vento, mas em algum momento teve a impressão de ver a sua mãe debruçada na grade para ver as ondas de perto. Mais perto do que era permitido. Juana lembra que se aproximou e tentou perguntar alguma coisa, mas o vento não deixava que elas se escutassem e M a incentivou a se expressar por meio de sinais. A filha olhou desapontada para a mãe e, em vez de dizer alguma coisa, se agarrou às suas pernas.

A casa que alugaram ficava de frente para o lago e tinha um jardim dianteiro onde cresciam canas-do-brejo alaranjadas e rosas. Ali, durante as manhãs, Juana e outras crianças brincavam de pique-pega em círculos até que lhes dessem permissão para ir à praia. Praia era um modo de chamar a areia escura que margeava o lago onde as ondas faziam os cascalhos irromperem. Juana se lembrava do elástico do seu traje de banho branco que marcava a cintura e da textura áspera da sua toalha. Lembrava-se da areia preta entre os dedos dos pés e das abelhas voando de uma flor para outra. Lembrava-se do reflexo do céu no lago, duplicando a paisagem. Lembrava-se de ter corrido descalça e de ter ficado tremendo ao sair da água. As gotas nos cílios e nas bochechas encostando na toalha.

A água do lago era gélida e havia um catamarã encalhado perto do cais. Foi dali que, numa tarde, Juana viu os filhos de amigos de M partirem num bote. Três rapazes que, para terem o que fazer, resolveram remar depois do almoço. Demoraram a voltar. Na lembrança de Juana foi como se de repente o inverno tivesse chegado e o céu estivesse coberto de nuvens densas e pesadas. Ela trepou no catamarã para ver o horizonte. Lembrava-se das ondas batendo com força umas nas outras e do vento soprando contra a margem; ao seu lado, uma garota olhava fixamente para o fim do lago e uma tempestade se formava na superfície. Não se lembrava de quanto tempo passou desde que os perderam de vista nem de como foram encontrados. Lembrava-se, isso sim, de uma lancha e que, de repente, os três irmãos apareceram encharcados e aterrorizados, como se viessem de outro mundo. Lembrava-se dos seus rostos pálidos, dos cabelos grudados na testa, das roupas coladas no corpo.

Quando, muitos anos depois, o mais velho desses irmãos morreu de câncer num quarto de hospital em Santiago, Juana estava outra vez no sul. Também era verão e era a primeira vez que viajava sozinha. Ela tinha ficado incomunicável por vários dias em um camping em Cautín, onde uns amigos se casaram.

Quando o sinal voltou, havia várias chamadas perdidas de M. O ônibus margeava o lago Llanquihue quando sua mãe ligou chorando e contou que R, aquele garoto, havia morrido. Juana correu os olhos pelo mesmo lago onde ele se perdera quando era adolescente. M perguntou se ela voltaria a Santiago para o enterro e Juana disse que não daria tempo de chegar, mas a verdade é que não era capaz de ir.

– Você tinha quatro anos, era muito pequena quando as crianças se perderam no lago – M disse a ela. – Eu estava esperando meu segundo neném. Não, peraí, eu fiz o exame lá. Naquele verão, alugamos a casa de uma alemã, em frente ao lago; você e as crianças menores passaram a manhã toda no mar. Não foi um bom verão.

– Por quê?

– Quase não fez sol.

– E naquela tarde?

– Eles pediram um bote. Disseram que iam remar perto da costa. Por volta das seis da tarde, o lago começou a ficar bravo, e nós, os adultos, perguntamos: e as crianças? E o bote? Começamos a procurar. O lago ficou estranho, preto.

– Foram atrás deles?

– Alguém conseguiu uma lancha e saiu para fazer uma busca, mas não encontrou nada. Informamos à polícia. Lembro que as mulheres gritavam "um gim-tônica, um gim-tônica" enquanto esperávamos. Estávamos no terraço olhando com binóculos.

– Contaram para a gente o que estava acontecendo?

– Você ficou sabendo. Havia muita movimentação de lanchas.

– Eles estavam drogados?

– Não, eram pequenos.

– Vocês acharam que eles tinham morrido?

— Tínhamos esperança de encontrá-los porque eram bons nadadores. Sabíamos que estavam de colete salva-vidas, mas podiam ter morrido de, sei lá, hipotermia. Uma tia deles ficou ajoelhada no terraço rezando, a outra ficou chorando. Eu não sabia o que fazer até que os vimos ao longe. Vinham num botinho, encharcados. Cantando "*Tú, pescador de otros mares*", uma música de igreja. Foi atroz, que incrível você ter lembrado.

— Mas o que aconteceu com eles?

— Eles se perderam, ficaram desorientados. Os meninos acharam que iam morrer. Naquela noite, já em casa, secamos seus cabelos e demos a eles um copo de uísque porque estavam com hipotermia.

— Depois, quando R morreu, você se lembrou disso?

— De tudo.

M era rápida nas respostas e isso deixava Juana desconcertada, pois ela não conseguia pensar na pergunta seguinte nem processar o que ouvia.

— Foi a coisa mais forte que aconteceu naquele verão?

— Em termos de gravidade?

— Não sei, de importância.

— Meu neném também foi importante.

— Por que você tinha cortado o cabelo assim?

M acelerou o ritmo em que tricotava.

— Estava muito mal com seu pai e, antes de sair de férias, eu disse que não podia continuar daquele jeito.

— Você foi ao cabeleireiro?

— Não.

Contou os pontos em silêncio.

— Seu pai estava com um amigo na sala. Me tranquei no banheiro e comecei a passar a tesoura no cabelo. Depois que o amigo foi embora, ele me viu com o cabelo todo mal cortado e raspou, bem rente. Sem me dizer nada. Senti como se estivesse me castrando. Ele culpou você.

– Estava péssimo?
– Na viagem já tinha crescido um pouco.
– Estava péssimo com o papai?
– Horrível. Ficar grávida foi um milagre.
– Vocês brigavam?
– Não, já tínhamos parado de brigar. Ele saía todas as noites.
– O que fazia fora de casa?

M não respondeu.

– Na mesma noite em que as crianças apareceram, você dormiu comigo. Seu pai não voltou para casa. Foi um verão atroz. Por que você se lembrou disso?

Juana não sabia o que dizer.

– Você era um menino tão tímido.
– Menina – Juana disse a ela.
– Me doía a sua solidão – disse a mãe depois de um tempo.

A filha suspirou e as duas ficaram em silêncio. A garota pegou um fio de lã entre os dedos e amarrou-o delicadamente no pulso de M, sem deixar espaço entre uma volta e outra. Quando criança, ela fazia a mesma coisa com seus bonecos e depois os pendurava como se fossem casulos.

– Está machucando? – Juana quis saber e sua mãe respondeu que era suportável.

A filha achou que ela estava falando do dente.

– Eu sempre vou te amar – disse M.

E, como Juana não respondeu, a mãe pediu a ela que não complicasse mais as coisas.

Em uma carta que Paul Cézanne escreveu ao pintor Émile Bernard em 1905, ele explicou por que sentia que deveria deixar partes da tela à mostra. Deixou claro que a luz criava sensações coloridas que, por sua vez, causavam abstrações. E, quando os pontos de contato entre as coisas eram tão "sutis e delicados", não lhe permitiam cobrir a tela ou delimitar os objetos. Dizia-se que bastava Cézanne tocar numa tela para que a imagem aparecesse ali. Nessa época, quase no fim de sua vida, ele começou a pintar mais quadros do que terminou. Entre eles, *Retrato de uma mulher*, um óleo sobre tela em que, por meio de poucas linhas escuras e descontínuas sobre um esboço em giz e manchas coloridas, aparece um corpo sentado diante de uma mesa. Dizem que poderia ser a sua esposa, Hortense Fiquet, mas a verdade é que não há nenhum sinal que a identifique. O fato é que as grandes áreas intactas em branco, que circundam a mulher sentada, são maiores do que qualquer área desenhada. Mas não mais proeminentes. Cada traço e cada pincelada constitui um suporte estrutural: a beirada da cadeira, o início da paisagem, a curva do pescoço.

Um ano depois de começar esse quadro, Cézanne foi surpreendido por um temporal enquanto trabalhava no campo. Quando estava voltando, a caminho de casa, desmaiou e perdeu a consciência. Assim, pegou uma pneumonia grave. No dia seguinte, recobrou a consciência, foi ao jardim para trabalhar no seu último quadro, *Le Jardinier Vallier*, e começou a escrever uma carta ao seu impaciente marchand, lamentando o atraso na entrega da obra. Mas, de novo, desmaiou. Vallier, o jardineiro que ele retratava, o pôs na cama e o acompanhou até sua morte, poucos dias depois, aos sessenta e sete anos. Dizem que nenhum outro artista deixou tantas obras inacabadas como Cézanne. É que, entre suas pinturas e aquarelas, o incluso nunca foi esboço nem estudo preparatório. Existiam em uma época que não contemplava o fim.

Juana leu extensas comparações entre suas obras terminadas e as ditas sem terminar. Para muitos estudiosos, elas antecediam o seu processo criativo. Mas, para Juana, essas pinturas eram o testemunho de uma transformação. Não só na pintura, mas na forma de ver o mundo. Na própria incompletude, davam existência ao invisível. Nesse sentido, a última pintura de Cézanne, em que o jardineiro aparecia inteiro e nítido, de lado, recebendo a luz do amanhecer em meio a uma penumbra absoluta, estava – para a garota – inteiramente terminada.

– O que você está lendo? – perguntou a filha.

– Um e-mail. Você se lembra daquele seu monitor da escola?

M se referia a um cara mais velho encarregado de cuidar de Juana e de seus colegas de classe em um acampamento de verão. Foi numa época em que a garota tinha parado de tomar banho.

– Lembro.

– O que você sabe sobre ele?

– Nada – respondeu a filha.

Juana lembrou que ela e um grupo de colegas haviam montado várias barracas no pico de duas montanhas e que, numa das primeiras manhãs no acampamento, aquele cara mais velho encarregado do grupo se aproximou dela quando tomavam o café da manhã, dizendo que queria conversar. Então, no fim da tarde, fez um sinal para ela. Eles se afastaram das barracas, foram até a beira de um penhasco onde o vento batia e sentarem-se frente a frente. Ele colocou as mãos na frente da boca e pronunciou o nome dela. Ela ficou surpresa ao constatar que a voz dele era mais pausada e suave do que a voz de que se apoderava para dar ordens quando estavam em grupo. O rapaz era baixinho e socado, e naquela tarde vestia uma camisa com decote em V, por onde apareciam os pelos que cresciam em seu peito. Ele perguntou como ela estava e ela, nervosa, disse que tudo bem. Aí ele quis saber sobre seus pais, sua irmã e, assim, Juana foi respondendo a cada uma das perguntas. Até que começaram a ficar mais íntimas. Naquela época, ela estava começando a fantasiar sobre a ideia de que alguns garotos especiais poderiam reconhecê-la como menina. E por um tempinho acreditou que aquele à sua frente, paciente e bondoso, iria confessar que a via como ela era. Mas em vez disso ele perguntou, muito sério, com que frequência ela tomava banho.

– Todo dia? – ele insistiu.
– Não.
– Por que não? Você deveria tomar banho diariamente.
– Não preciso – disse a garota, colocando as mãos nas axilas.

O monitor olhou para ela, repetiu seu nome e discorreu sobre a importância da higiene na rotina. Juana se concentrou na sua boca, pequena e carnuda, e parou de escutá-lo. A vergonha era insuportável. Nos dias seguintes, ela o evitou e, quando saíram para fazer uma caminhada, era ele quem liderava o grupo, então Juana ficou no fim da fila. Passaram horas caminhando sob o sol, o que tornou a beleza de alguns garotos ainda mais desafiadora. Depois do meio-dia, ouviram o correr de um rio à distância e decidiram se aproximar. Alguns desceram por uma encosta agarrando-se às pedras até chegarem ao local onde corria a água e descobriram que o fundo tinha profundidade suficiente para pularem.

O garoto com quem Juana conversara subiu no topo do barranco e foi o primeiro a tirar a roupa. Baixou a cueca e com um gesto rápido ficou pelado sob o sol. Quando ela o viu de pé encostado na pedra, sentiu que seu corpo, com a sombra sob seus pés, estava ali só para que pudesse admirá-lo. O garoto, distraído, passou a mão no peito, deu uma puxada no pênis e, num salto, se jogou na água. Foi um golpe retumbante. E quando emergiu à superfície deu um grito bestial que ecoou por todo o barranco. *Todo mundo na água!*, ele ordenou, e Juana, aterrorizada, foi se recolhendo com cautela na sombra enquanto os demais se despiam.

– O que aconteceu com ele? – Juana perguntou à sua mãe, pensando que ela diria que ele tinha morrido.

– Virou padre – M respondeu sem desviar os olhos do telefone. – Vai ser jesuíta.

A mãe olhou de esguelha para a filha, para ver como ela reagia. Sabia do impacto que o rapaz tinha tido sobre ela, sabia que, não tão profundamente, ela tinha se sentido atraída por ele. A filha reagiu como se a notícia não a surpreendesse. E a verdade é que a notícia não lhe pareceu absurda.

– Com ele, eu descobri que gosto de homens – disse Juana.

A mãe retomou o tricô.

– Foi nesse ano que eu parei de tomar banho, lembra?

M negou com a cabeça.

– Algumas crianças, quando têm algum problema, param de comer ou de falar. Eu parei de tomar banho.

Naquela época a mãe, recém-separada, tinha três empregos. De manhã, dava aulas no colégio; de tarde, trabalhava como corretora de imóveis no escritório de uma amiga e, à noite, dava aulas particulares. Juana lembra que M chegava exausta, acendia um cigarro e ficava sentada sob a luz da sala de jantar, com a mão que estava livre sobre a mesa. Via os círculos que ela fazia com os dedos.

– Você não tinha nenhum problema – disse M.

Juana tirou um creme de sua mala, agitou-o e começou a passar com cuidado nas pernas. Tinha feito depilação antes da viagem. E respondeu a M lembrando que, muito antes da adolescência, ela já sentia uma desconexão com seu corpo.

– É normal, isso acontece com todo mundo – explicou a mãe.

– Não sei, não, mãe – respondeu a filha.

Juntas, continuaram negociando a tensão daquele silêncio por mais alguns minutos, até que a mãe guardou o tricô e disse que queria descansar. Deu boa noite e apagou a luz da mesinha de cabeceira. Mais tarde, Juana ouviu as nuvens pesadas no céu se remexerem e o estrondo dos trovões que faziam bater as janelas do quarto do piso 12 e ½. Na frente das camas, acima da escrivaninha, havia um quadro de uma tempestade no mar. Estava emoldurado por um friso escalonado, pintado de dourado opaco, o que dava ao quadro um ar clássico, mas na verdade se tratava de uma cena muito peculiar. O horizonte era formado por uma série de pinceladas que exasperavam a linha reta e as nuvens pareciam se dissolver em direção ao vértice das ondas. Atrás delas, havia um rastro de luz que tentava despontar sem êxito: como se não houvesse chance. Juana ficou olhando para ela na penumbra e entrecerrou os olhos para ver que figuras apareciam entre as nuvens e as ondas.

Para os próximos dias, estava anunciada uma tempestade na cidade. No mar, quando a força de um temporal faz as ondas atingirem muitos metros de altura, fala-se em tempestade. Esse foi o nome que William Shakespeare deu à última peça que escreveu quando já tinha planejado se recolher definitivamente. Velho e afastado do mundo, o poeta recuperou a antiga ideia, que uma vez tivera, de escrever sobre um navio que viajava para o Novo Mundo e naufragava. Há quem acredite que para escrever *A tempestade* o autor se inspirou no naufrágio, em 1609, do *Sea Venture*, navio cuja tripulação se salvou providencialmente da tragédia. Mas a verdade é que, naquela época, todo o Velho Mundo estava deslumbrado com tudo de fabuloso que a América representava. O exótico era uma desculpa para falar do desconhecido.

Shakespeare escolheu a palavra *tempestade* para nomear sua obra porque são pancadas de chuva e ventanias que levam os seus personagens a uma ilha habitada por seres mágicos. A origem latina de tempestade é *tempestas*, que significa tanto "tempo" como também "tempestade", dois dos temas da história. Mas essa tormenta não chega sozinha, é a forma tomada pelo desejo de um dos protagonistas de atrair seus inimigos para a ilha. Juana havia lido um ensaio que propunha que, em *A tempestade*, tanto a catástrofe climática que provoca a ação quanto o tempo avançavam e retrocediam. Era possível pensar em um tempo como esse? A ilha da peça pertencia ao mundo dos sonhos, lá estava o presente afetado pelo passado. Juana se cobriu com os lençóis. Naquela peça de Shakespeare, havia uma fada que não tinha gênero. Nenhuma parte do texto especificava se se tratava de um homem ou de uma mulher, e Juana se lembrou da discussão sobre isso que surgiu em seu curso, quando leram o texto na escola. Enquanto ouvia seus colegas defenderem posições diferentes, ela ficou pasma com a ideia de que pudesse haver alguém entre os gêneros.

De repente, umas poucas gotas começaram a bater na janela do quarto. Queriam se fazer notar com uma leve insistência, e essa foi a última coisa que notou antes de adormecer. Na manhã seguinte, Juana acordou com uma notificação no celular, era a mensagem de voz de um garoto da sua idade que ela conhecera em Santiago, meses antes, no aplicativo de relacionamentos. Embora já tivessem se visto e transado algumas vezes, Juana impunha certa distância nos encontros porque havia sempre muito álcool no meio. O cara perguntou se podia ligar, e ela explicou que estava viajando. Como ele insistiu e a garota gostava dele, saiu um instante para atender a ligação no corredor. Ele estava chorando. Pediu desculpas por interrompê-la daquele jeito e disse que não tinha mais forças. Explicou que se sentia incapaz de se conectar com alguém e que estava completamente só. A garota olhou para aquele corredor sem saída do andar 12 e ½, onde a porta de cada quarto tinha um número diferente.

– Acredite em mim – ela sussurrou para o garoto. – Não é verdade. Você não está sozinho.

Mas ele continuou soluçando e disse que tinha chegado ao limite. Juana se encostou na parede do corredor e fechou os olhos. Sabia o que estava por vir. Esperou que o homem de trinta e sete anos que estava em silêncio do outro lado da linha lhe pedisse dinheiro para comprar cerveja. Quando ele pediu, ela tomou um tempo para lembrá-lo de que estava no estrangeiro e que não lhe emprestaria dinheiro de novo. Então ele implorou e ela recusou outra vez. Antes de cortá-lo, ela perguntou se ele precisava de mais alguma coisa e ele pediu que ela enviasse uma foto sua. *Só isso?*, a garota quis saber. *Só isso*, ele disse, e assim que voltou para o quarto Juana fez uma transferência.

M tinha acordado e estava rindo, com o telefone nas mãos. A filha perguntou com quem ela estava falando. Ela disse que com sua irmã. Juana assentiu. Um feixe de luz vindo de fora estava suspenso em frente ao espelho.

– Ela só reclama comigo.

Juana suspirou.

– Não é verdade, mãe.

– Mas é assim que eu sinto – a mãe respondeu, com ternura.

Juana se levantou, atravessou a porção de luz natural que entrava no quarto e recolheu umas roupas do chão. Abriu o armário, pegou um vestido e colocou-o, sem retirá-lo do cabide, por cima do pijama. Logo o guardou de volta no armário, e do mesmo jeito provou outro vestido. Quando criança, tinha visto M fazer esse ritual centenas de vezes e agora notava que, disfarçadamente, sua mãe a seguia com os olhos.

– Ela reclamou do quê?

– De nada importante, na verdade.

– Não dê bola para ela, então.

– Entre mães e filhas não é assim que funciona – respondeu M.

– Como é que funciona? – Juana perguntou, interessada. Mas a mãe lhe pediu que a deixasse em paz.

Aquela capa de chuva verde-oliva que estava pendurada no armário foi comprada com seu pai, na última viagem que fizeram juntos antes de ele decidir acabar com a própria vida. O pai havia tentado salvar uns negócios de exportação de roupa, mas já estava falido. Por isso foi surpreendente quando pediu a Juana que o acompanhasse a Paris, onde teria umas reuniões que, segundo ele, o livrariam de ficar sem nada. Vista em perspectiva, é provável que a viagem tenha sido uma desculpa para ele estar com Juana, para que ela conhecesse a Europa, uma espécie de presente final. Talvez o pai não tenha tido reunião nenhuma, mas esforçou-se para levar Juana aonde imaginava que ela seria feliz.

Ele tirou várias fotos na viagem: Juana dormindo de braços cruzados no assento do avião, fazendo carinho num cachorro ao lado de uma escultura de Niki de Saint Phalle, de costas olhando a fachada da igreja de Saint-Merri, os dois fumando do lado de fora da Ópera Garnier. Era inverno e fazia frio. Um frio que Juana nunca tinha sentido na vida. Numa tarde gélida, saíram da pensão onde estavam hospedados e foram passear sem rumo pela cidade, essa era das poucas coisas que faziam bem juntos. Os parques estavam congelados e vazios. Juana gostava de ver a fumaça do seu cigarro se enroscar naqueles galhos, simulando uma folhagem fantasma. Diante de um chafariz, ele pegou sua velha câmera. Já anoitecia quando a tirou do estojo de couro e a levou ao olho. A filha sabia que o pai podia demorar bastante antes de clicar, pois ele gostava de enfocar e ajustar manualmente a abertura do diafragma. Ele era bom nisso, tinha um olhar muito sensível para capturar gestos. Naquele dia choveu e depois o sol despontou. Então ele propôs que Juana ficasse em frente a um espelho d'água, e ela gostou da ideia. Seu pai escolheu a hora em que o sol se punha para tirar o retrato, bem na frente de um raio ofuscante que surgia por entre as nuvens.

Diante da fachada do brechó onde comprou para ela a capa de chuva verde, tirou outra foto. Era um lugar onde vendiam todo tipo de artigo de segunda mão e uniformes militares antigos. Juana experimentou uma capa de chuva verde que tinha um aplique bélico na lapela e sentiu que seu corpo se encaixava no feitio daquela peça. Implorou para o pai comprar para ela, embora tivessem combinado de não gastar demais. O pai concordou e lhe disse que parecia feito sob medida. Naquela tarde, ele fez uma série de fotos em que a luz parecia atravessar os corpos das poucas pessoas que andavam pela rua. Antes que anoitecesse, Juana descobriu uma escultura de Marta Colvin no Museu de Escultura ao Ar Livre e caminharam bastante até que, cruzando a ponte Saint-Michel, o pai lhe agradeceu.

– Por quê? – Juana perguntou, surpresa.

Mas o pai não soube responder e apenas sorriu para ela. Seus olhos estavam úmidos. Juana lembra que teve dúvida se era por causa do frio daquela tarde ou se era a única forma que ele tinha de expressar a tremenda tristeza e solidão que sentia. Pegaram o trem que os deixou perto do Grande Arco de La Défense e ali viram o fim do dia. Naquele local, tiraram a última foto juntos. Foi um desconhecido que tirou. O pai abordou uma pessoa que passava e lhe pediu, no seu melhor francês, que tirasse uma foto deles. E para sua surpresa, num gesto nada parisiense, o sujeito aceitou de bom grado. O pai aparece entusiasmado, olhando para a câmera, orgulhoso, e a filha sai de perfil, olhando para alguma coisa fora do enquadramento. Juana gosta da composição que a pessoa escolheu e do momento do clique. Bem quando a luz dourada se multiplicava nas fachadas dos edifícios de vidro ao redor.

Havia uma coincidência e um contraste nas posturas: tanto ela quanto o pai estavam vestidos de preto nesse dia, mas entre os dois se formava um contorno branco onde caberia uma figura humana. Juana não se lembra se estava concentrada em outra coisa ou se não conseguiu se virar a tempo quando aquele desconhecido os fotografou, mas não olhou para a câmera. Sempre achara que seus olhos estavam voltados para o Arco do Triunfo, outro símbolo da cidade, mas anos depois, ao mostrar a foto a Borja, ele explicou que não era possível. Que, na verdade, ela estava olhando para o cemitério e para a *jetée*, uma passarela no cais que servia para ir e voltar.

– E o que é que tinha lá? – ela quis saber.

– Lá é onde a cidade termina.

Na foto não dava para ver, mas Juana levava um caderno debaixo do braço onde anotava os títulos dos quadros de que gostou em suas visitas ao Louvre e ao Museu d'Orsay. Ela passou manhãs inteiras visitando as salas do final do século XIX e início do século XX, vendo como os impressionistas construíram uma passagem para a arte abstrata. Em geral, anotava os títulos das obras que chamavam sua atenção ao lado de breves notas descritivas, como: *As linhas paralelas ao horizonte dão amplitude.* Ou: *Essa maçã tem um ponto culminante. Apesar do terrível efeito de luz e sombra, é o ponto que mais se aproxima do meu olho.*

Também anotou no caderno os sonhos que teve em 1999, ano da morte de seu pai. Nessas transcrições, ele nunca é mencionado e não há nenhuma referência à sua morte, mas ele está presente em tudo o que está escrito. Os sonhos parecem surgir das pinturas: *Os planos caem uns sobre os outros, daí a impressão que circunscreve os contornos com uma linha preta.* Às vezes há mais de um sonho por noite e são escritos em letras minúsculas que parecem que não querem ser lidas. *A causa do meu desarranjo é a preocupação constante com o objetivo que quero alcançar.* Todos têm confusão, medo e desconfiança. Nos sonhos que Juana teve naquele ano, segundo o caderno, as pessoas nunca são quem parecem ser ou estão sempre se transformando em outras, nunca se vê o sol e há quem lhe ofereça comprimidos para tornar a dor suportável. Às vezes, esses comprimidos são grátis e outras vezes custam mais do que ela pode pagar. Amigos de infância se cruzam com colegas de universidade como se fossem os mesmos e há crianças que estão longe, perdidas ou ausentes. Nesses sonhos, na maioria das vezes, Juana está dentro de um carro que dirige sozinho. Aparecem interiores parecidos com seu quarto, as camas estão desfeitas e há alguém importante que já não está lá: a estudante de quem herda o quarto, a dona de um caderno perdido, a proprietária de uma mala que ela tem que devolver.

– Quer sair? – a filha arriscou, quando tomavam o café da manhã.

– Não estou me sentindo bem – M respondeu com segurança.

Na noite anterior, tinha ouvido a mãe chorar. Tomando café no salão do hotel, elas tiveram uma conversa breve e casual. Depois voltaram para o quarto no piso 12 e ½ e M voltou para a cama. Juana tomou banho e se despediu dando um beijo na mão de M. Pôs a capa de chuva verde e saiu para a rua. Era uma manhã luminosa. Andou alguns quarteirões, feliz com a ideia de ver uma exposição que a interessava antes de qualquer outro visitante e entrou num vagão que a levou até a parte alta da cidade. Desceu na Lexington, na altura da rua 86 e, de lá, se dirigiu ao museu Metropolitan.

Naquele antigo edifício, que acumulava vinte construções, das quais a maioria não é visível do exterior, cabia o mundo. Dentro, estavam mais de dois milhões de obras e, portanto, era fácil ver muita coisa sem observar nada em particular. A garota sabia perfeitamente para onde se dirigia, então atravessou o saguão com presteza. A escada principal levava ao segundo andar, onde havia uma pequena sala, quase marginal, na qual estava montada a exposição que queria ver. Juana gostava de percorrer as mostras em silêncio e tomando notas, então pegou o caderno e começou a copiar os títulos das pinturas, escritos nas paredes: primeiro um punhado de telas de Fernand Léger, Auguste Renoir e outros pintores franceses que romantizaram o nu feminino. Como que para compensar isso, no meio da sala principal, havia algumas figuras insólitas do reino de Elão, o torso de um anão do período ptolomaico e uma escultura enigmática da artista Elizabeth Catlett. A garota orbitava no meio da exposição, em velocidades variadas, reparando nas diferentes obras.

Através dos vidros de um dos cubos onde ficavam as estatuetas mais antigas, Juana viu um quadro de Degas no qual uma mulher se banhava. Mais além, uma prostituta pintada por Toulouse Lautrec se olhava no espelho. Ao lado, o estudo que Rafael fez para pintar um Cristo recém-nascido, desenhado com giz vermelho. Os traços eram suaves e mal sugeriam as formas do bebê, mas no conjunto davam a impressão de um recém-nascido. Juana viu, através do vidro espesso, uma mulher inclinar a cabeça diante do desenho daquele bebê que, pelo vidro, aparecia duplicado. Sua inclinação parecia comungar com o ângulo dos traços.

Ao redor havia representações de jovens e idosas, heróis e cupidos interagindo com princesas e escravas. Havia pinturas a óleo inspiradas em cenas bíblicas. Retratos de personagens pregados em silêncio para sempre. Lábios fechados e dedos apontando para o céu. Expressões dramáticas, pavorosas, explosivas. Todos esses corpos estavam nus e isso, em geral, criava uma impressão de desprendimento e intimidade. Mas a imagem daquele bebê duplicado, envolvido num pano, funcionava como um centro: um sol em torno do qual os outros se posicionavam. Sua nudez expunha, naturalmente, uma novidade: a do futuro. Isto é, havia nele uma promessa de transformação. Juana saiu do museu encantada com essa ideia e desceu a escadaria de concreto que separava o edifício da rua com a convicção de que, por fim, tinha que dizer a M o que queria dizer. Nisso não reparou que o céu estava nublado e que, embora fosse cedo, a luz do sol tinha ficado fraca, esquiva.

Entrou na estação de metrô e, à medida que o vagão corria pelos túneis, repetiu mentalmente a frase com a qual começaria a conversa. *Mãe, tenho uma coisa para te contar.* Ela sabia que isso a deixaria aterrorizada, mas não imaginava outra maneira de começar. Ensaiou as reações e pensou onde seria melhor se sentar para confrontar a mãe. Antes de entrar no hotel, ficou na rua sentindo que a eletricidade que as nuvens carregavam estava pronta para ser liberada naquela manhã. Mas já no quarto do piso 12 e ½, encontrou-o vazio. Ambas as camas estavam feitas e o quarto cheirava a flores, embora não houvesse flores no vaso sobre a escrivaninha. Juana notou que, na mesa de cabeceira, havia um bilhete escrito à mão, no qual M dizia que de repente sentiu necessidade de sair. Tirou o celular do bolso e olhou as horas, quanto tempo tinha ficado no museu? A garota olhou pela janela e se perguntou se havia no ar, lá fora, uma mudança real na luz ou se era só impressão. O céu estava coberto de nuvens que, vistas de baixo, pareciam barrigas dilatadas. De repente, batendo a porta, M entrou no quarto e ficou na frente do armário, chorando.

– Mãe – disse Juana aproximando-se –, o que houve?

M pôs a mão na boca e olhou para ela com os olhos encharcados de lágrimas.

– O quê? – Juana insistiu.

M mostrou a tela do seu celular, onde havia uma imagem de ultrassom. Juana viu uma mancha azul no meio de um fundo preto.

– É a Conchita. Ela está grávida.

Depois de anos de tratamentos de fertilidade fracassados, essa mancha azul era uma conquista. Sua irmã por fim concebia, de forma natural, uma vida dentro dela: o sonho de M. Juana sentiu um calor pela emoção, estava feliz. Pela irmã, pela potencial pessoa que nela se formava e, em seguida, verificando a intensidade do choro de sua mãe, sentiu ciúme. Ela nunca poderia lhe dar uma alegria dessas. Depois, sentiu um vazio. Uma gota atingiu a janela. M sorria e chorava quando a chuva começou a molhar os vidros e cobrir de água toda a cidade lá fora. Juana a pegou pelo braço e sentou-a na cama. Ali, a mãe desviou o olhar do ultrassom, afastou o celular e explicou para a filha que teriam que mudar os planos. Dedicaria o último dia da viagem procurando roupas para seu primeiro neto.

Ou talvez seja uma neta, disse Juana. Mas a mãe não a escutou. Após a notícia da gravidez, ela parecia feliz e satisfeita. Plena. M seria avó. Ela seria tia. Escreveu para a irmã, genuinamente emocionada. Mãe e filha ficaram sentadas na cama sem dizer nada uma à outra e, embora nada de especial tenha ocorrido naquele silêncio, a filha se sentiu incomodada. Tentando entender por quê, viu-se com as duas mãos na barriga, onde tudo que não foi dito se amplificava.

– Está com fome? – perguntou a mãe com delicadeza.

M não cabia em si. Estava feliz, radiante. A garota se levantou e respondeu que não tinha fome. Lá fora chovia de leve e, embora ainda fosse dia, a luz dos postes mostrava as calçadas, ao mesmo tempo ofuscantes e imundas. Juana ficou impressionada de ver sua mãe totalmente recuperada. Ela estava tranquila, sentada na cama, olhando mais uma vez o ultrassom. Mais além dos edifícios corporativos de Midtown, viam-se as copas frondosas dos olmos no parque encharcadas pela chuva. M insistiu que era preciso comemorar, que a convidava para onde quisesse ir, mas concordaram que o melhor era ficarem ali durante a chuva. Pediram hambúrgueres com batatas fritas no quarto e comeram na cama.

Mas era muito cedo para dar o dia por encerrado. Depois de um tempo, Juana explicou à mãe que se sentia sufocada e precisava dar uma volta.

– Aonde você quer ir nessa chuva?

– Ao parque.

– Que loucura, fique aqui – disse M. – Vamos conversar.

Então Juana, surpresa, tirou a capa de chuva. Pendurou-a no armário outra vez e deu uma volta pelo quarto. Arrastou as meias pelo carpete e sentiu que o piso era macio, propício.

– Faz tempo que quero falar com você sobre o que está acontecendo comigo, mas não conseguia encontrar o momento e a verdade é que não quero que você se preocupe – ela disse.

– Mas você me preocupa.

– Mãe...

M assentiu e Juana foi em frente.

– Estou bem, mas como você mesma já percebeu, tem algo errado comigo.

– Me conte.

– Outro dia, na casa da Conchita, quando você me perguntou se eu não gostava de me parecer com o vovô, a verdade é que não. Não gosto de me parecer com ele nem com homem nenhum.

– Por quê?

A mãe tentou sustentar o olhar, mas foi difícil. A calma que ela irradiava desde que soube que seria avó estava se extinguindo. Juana não respondeu.

— Não entendo — disse a mãe, retraindo-se.
— É o que tenho tentado te dizer há algum tempo.
— Meu amor, tento entender o que você me diz, mas não consigo.

M se recompôs e levou as mãos ao rosto. Olhou para a filha com amor e perplexidade.

— Eu te ouço e te vejo e me vêm ideias e lembranças que me elucidam, mas em seguida eu me perco.
— É que...
— Um momento, deixe eu falar. Por que você teria medo de mim, medo de quê?
— De...
— Há muito tempo entendi que vocês precisavam ser livres e felizes. E o que eu faço é canalizar meu amor, minha dedicação e meu coração para ajudar você e sua irmã no que vocês gostarem de fazer e de ser.

M segurou as mãos da filha e lhe pediu que não tivesse medo dela. Juana assentiu. A mãe garantiu que tentaria compreender o que quer que estivesse acontecendo com ela, e a filha, exausta, sentiu que havia chegado a um limite. Sabia que, se pronunciasse aquelas três palavras que vinha formulando dentro de si há tanto tempo, a tensão que suportava com M se transformaria em outra coisa. Mas não conseguia.

Depois de uma longa carreira de pintor e gravurista, em que se concentrou sobretudo em temas históricos, literários e políticos, o pintor alemão Joseph Menzel voltou a atenção para a crônica de figuras da vida cotidiana. Seus desenhos, que nunca foram pensados para ser expostos, mas feitos como ensaios privados anteriores às pinturas, exploram as expressões de diversas modelos. Há um esboço feito em grafite, de 1870, em que a mesma mulher aparece desenhada duas vezes. Na primeira versão dela, em escorço, chega uma luz frontal, enquanto na segunda, ela está de frente, envolta em uma sombra. Ambas usam a mesma roupa, o mesmo penteado e mantêm o pescoço inclinado no mesmo ângulo. São a mesma pessoa. E não são. No papel, uma folha de quinze por vinte e quatro centímetros, as duas mulheres se dão as costas, como se fosse impossível um encontro frontal entre elas. Nos cantos do esboço, Menzel detalhou, em escala maior, um olho. Pertence à mulher que está na luz, à que está na sombra, ou é a interseção entre as duas?

Nessa tarde houve videochamadas para Santiago interrompidas pela conexão ruim da internet, mensagens de voz enviadas às irmãs de M, palavras de celebração, perguntas para fazer ao médico e cálculos sobre a data de nascimento. A mãe havia encontrado um destinatário para o tricô que fazia e se agarrou a isso. Juana se deitou e ficou por um bom tempo vendo a chuva cair. Da cama, com os braços cruzados no peito, entendeu que, se quisesse voltar ao Dia Beacon, teria que ir sozinha. Da primeira visita que fizeram com a turma da oficina de L, lembrava-se da imagem dos seus colegas olhando pelas janelas do trem (P com a cabeça inclinada, A e G medindo o tamanho das mãos) e, lá fora, dos choupos que cresciam à margem do rio. Lembrava-se, acima de tudo, do desconforto que sentiu ao ver pela primeira vez a série *Innocent Love*, de Agnes Martin. O museu colossal já era, por si só, um espaço intimidante, mas naquela sala o conjunto de oito acrílicos pendurados e quietíssimos convidava a uma espécie de recolhimento. Entre eles, captava-se uma emoção que, para Juana, não tinha nome.

Os acrílicos eram todos quadrados brancos que mediam um metro e cinquenta por um metro e cinquenta e se encaravam uns aos outros dentro de uma sala de luz tênue. A luz, que simultaneamente caía e saía deles como se fossem espelhos opacos, gerava uma vibração nos corpos que visitavam a sala. Uma rede invisível, da qual Juana tomou consciência ao se afastar e se aproximar dos quadros, para em seguida ficar bem quieta. Se quisesse, ela poderia ser parte da obra. À primeira vista, os acrílicos eram bastante similares, mas cada um tinha seu próprio título, sempre insuportavelmente imprevisíveis e perfeitos. Variavam de sentimentos como *Happiness* e *Love*, até outros mais narrativos e provocadores como *Where Babies Come From*.

L estava ao seu lado na sala, sem tirar os olhos dos brancos. Juana sentia que, como aluna, aprendera a enxergar com ela, com um olho no presente e o outro no futuro. Esse desvio no tempo não lhe provocava ansiedade, muito pelo contrário: lhe dava perspectiva. E assim aninhava, para depois, a possibilidade de desdobramento de algo que ainda não estava pronta para ser. Enxergar como L enxergava era pactuar com uma forma de promessa. *A morte assinalada, sabe-se lá em que lugar das células em constante movimento,* ela havia escrito. Ou *na terra que decompõe os órgãos para que cresçam as flores nas bordas dos túmulos.*

O resto da visita ao museu havia evaporado da sua memória. Sabia que foram no outono porque as folhas das árvores eram amarelas, quase da mesma cor do casaco de P, e sabia também que passaram o dia inteiro lá, porque voltaram para Manhattan quando estava escurecendo. Tudo isso estava anotado em seu caderno. Mas ainda se fazia as mesmas perguntas. Aqueles quadros, *eram paisagens, eram enigmas? Eram um chiste? De onde vinham os bebês?* A mãe acendeu a luz da mesa de cabeceira e, enquanto vestia a camisola, explicou a Juana que visitar aquele museu envolvia uma viagem talvez longa demais. E, já na cama, confirmou que preferia ficar na cidade no dia seguinte e fazer algumas compras. Juana virou-se para ela. *Tá doendo muito?*, ela perguntou, mas M não respondeu.

Um mês depois de Juana conhecer Borja, o centro estudantil do seu curso organizou uma festa no campus, na noite de São João, e tiveram permissão para dormir nas salas de aula de arte. Essa ideia aterrorizava Juana, mas ela foi para ver Borja. Ele chegou tarde e arfando. Tinha pulado a cerca porque não estavam deixando entrar mais gente. No meio do pátio, ao redor dos arcos, havia uma grande fogueira. Juana nunca entendeu o que aquele fogo representava, mas ficaram ali enquanto seus colegas dançavam. Ele estava sem vontade de falar. Ela perguntou se havia algum problema e ele negou com a cabeça, sorrindo. Então ela pôs o dedo indicador na boca, para que ele soubesse que ela entendia.

Naquela noite, mãe e filha dormiram profundamente. Juana sonhou com uma cidade labiríntica, em que nenhuma rua era larga o suficiente para que duas pessoas pudessem passar. As passagens de paralelepípedos eram habitadas por touros mansos, de pele manchada, que caminhavam com preguiça de um lado para o outro, apoiando-se nas paredes das casas, todas pintadas com cores que o sol havia desbotado. A lentidão desses touros a deixava exasperada, mas logo, ao passar a mão em seus lombos e sentir que estavam quentes e palpitantes, entendeu que propunham um outro tempo. Uma demora. A certa altura do sonho, Juana abria caminho por entre os animais e aparecia no fim de uma viela. De lá, via um rio caudaloso e calmo que arrastava água há tantos séculos.

Lamenta-se, L havia escrito. *Lamenta-se, lamenta-se o corpo enquanto ele lambe a ferida que não fecha.* O que fazer? Não havia como ir do fim dessa viela até o rio. *Abra a boca, o ar circula*, dizia o texto de L. *E nesse poço se instala a constância*. De quê? *Às vezes, as sombras não habitadas são necessárias para dissipar a vida*. O dia nasceu sem nuvens e, quando abriu os olhos, a garota viu a mãe vestida e se penteando em frente ao espelho. Seu cabelo parecia sedoso, macio e brilhante. Em voz baixa, a filha perguntou se ela tinha dormido bem e a mulher assentiu.

– Precisa de alguma coisa?

– Não, meu amor. Estou perfeita.

A notícia da nova vida a tinha curado de vez. Naquela manhã, desceram até o salão do segundo andar do hotel para tomar café com os demais hóspedes e, enquanto estavam sentadas, cada uma numa poltrona, M lhe contou que tinha pesquisado sobre uma loja perto de onde eram as torres gêmeas, onde vendiam lençóis para berço e macacões para bebês. Juana suspirou e sorriu. Sua mãe explicou que não conseguia pensar em outra coisa. Pediu que a filha fosse generosa e a entendesse. A garota, tomando um gole de café, respondeu que tudo bem, que a notícia era maravilhosa e que também estava feliz.

Terminaram o café da manhã em silêncio e saíram juntas do hotel. Já na rua, M pediu que Juana a levasse ao distrito financeiro, então elas pegaram o metrô nessa direção. Juana ia aproveitar para conhecer a enorme estrutura branca erguida ao lado do memorial das torres. Quando ela morava na cidade, mal se podia visitar essa área, e agora tinha se transformado em lugar de peregrinação. Os planos originais do Oculus de Calatrava, com o qual o ocorrido seria relembrado, consideravam um telhado hidráulico cujas asas se moveriam, abrindo o espaço para o céu. O autor imaginou que a imponente estrutura ofereceria uma outra forma de recordação, comunicando "uma sensação sutil da vulnerabilidade humana vinculada a uma ordem superior". Mas vários meios de comunicação, incluindo a *New Yorker*, tinham comparado a estrutura a uma metralhadora, um monstro marinho e um cadáver despedaçado por um abutre.

No vagão, M sentou-se na frente da filha e tirou o tricô da bolsa. Gostava de observar os passageiros enquanto mexia os pauzinhos. Juana, por outro lado, abriu seu caderno e, antes de anotar qualquer coisa, teve uma dúvida.

– Mãe, ontem.
– O quê?
– De onde você vinha quando voltou.

M pensou por um instante e disse que tinha saído uma hora depois dela. Para o museu.

– Você entrou?

M assentiu, contando em silêncio os pontos.

– E que exposição você viu?
– A sua. A que você me recomendou.

Sem olhar para a filha, mencionou o quadro da mulher nua reclinada na paisagem e uma pequenina gravura de Dürer, que foi o que gostou mais. Qual?, Juana quis saber, revendo mentalmente a mostra. Um Adão e Eva, respondeu a mãe. Juana ficou calada. Releu as anotações no caderno, mas não tinha reparado nessa obra.

A garota ficou sentindo o suave vaivém do metrô avançando pelos trilhos. Pensando que, ao sair do Met, talvez elas tivessem se cruzado. A mãe parecia suspensa, mantendo o olhar fixo no chão do vagão. Ela era uma mulher tremendamente bela e triste. Juana notou que o rosto dela estava apoiado em um dos punhos e flagrou a si mesma, no vagão do metrô, na mesma postura.

Ao descer do metrô, a filha perguntou pela última vez se M não queria ir com ela para Beacon. *Não, amor*, ela respondeu, e, enquanto caminhavam pela estação, começou a avistar aquela espécie de capela altíssima que se elevava em direção ao céu. Lá de baixo, Juana ficou decepcionada ao perceber que aquele local não era um oratório nem um memorial, como imaginava, mas sim o telhado de uma estação de metrô que, além do mais, ocultava um luxuoso centro comercial. M vestia um casaco azul bufante e um lenço vermelho em volta do pescoço, com o qual cobriu a boca quando pararam sob os arcos. *Lindo, não é?*, disse a mãe. Juana concordou, condescendente, e lembrou-lhe de que naquela tarde se encontrariam no chafariz do Washington Square, praça de que ambas gostavam. Depois, poderiam comer juntas em algum restaurante do bairro. Ela disse: *é claro, nos vemos lá*. E Juana observou-a se afastar, agarradíssima à bolsa, como se dela dependesse o seu equilíbrio.

Logo que ficou sozinha sob a enorme estrutura branca, a garota perdeu o interesse e seguiu para a Central Station, onde comprou uma passagem para Beacon e embarcou num trem azulado, antigo, mas bem conservado, que estava prestes a sair da plataforma. Do seu assento, via como se revelavam as periferias da cidade e como suas formas iam perdendo solidez até que tudo o que havia ali eram os trilhos e a margem do rio. A ferrovia era uma sutil intromissão no meio daquela paisagem vasta e natural, onde reinava uma outra ordem, serena e primitiva. A folhagem do bosque refletida na superfície do rio Hudson parecia abafar o barulho do trem e isso produziu nela uma sensação expansiva. A linha do horizonte era fixa, mas a textura dos cedros e das acácias varridas pelo vento era só borrão.

Berthe Morisot foi uma das fundadoras do Impressionismo. Diz-se que ela não se curvou às convenções da pintura amadora nem às do artista masculino profissional. E a verdade é que ela própria se situou numa espécie de meio: não se interessava nem pelas cenas exclusivamente domésticas nem pelos espaços públicos, mas sim por uns espaços imprecisos onde as pessoas podiam se expressar com liberdade. Ela tinha interesse em retratar pessoas que seus pares masculinos descartavam: mulheres de roupa e trabalhadoras. Sua técnica era brutal. Não desenhava nada, mas, por meio de pinceladas expressivas que beiravam a abstração, produzia cenas nas quais às vezes o olhar podia se perder. Nas suas telas, os muros parecem vivos e as roupas são tão expressivas quanto a pele humana. Quando ela estava viva, suas obras não circularam e muitos quadros seus foram considerados inconclusos porque ela deixava sem terminar as bordas externas da tela. Como se se opusesse a esses limites.

Entre as mulheres que pintou havia costureiras, empregadas domésticas e dançarinas. Mães, intelectuais e artistas. Juana gostava especialmente de um estudo que intitulou *À beira da água*, no qual, sob a espessa folhagem de uma árvore, há uma mulher deitada ao lado de um espelho d'água onde flutuam ninfeias e lírios. A mulher está reclinada olhando-se na água, mas não vemos exatamente o seu reflexo, e sim um fragmento distorcido dela em que seu braço e sua mão lembram o pescoço de um cisne. Essa figura dupla é enigmática e melancólica. Ao redor dela, que usa um vestido claro e tem a pele iluminada, a paisagem parece sombria. Como se um desgosto terrível a afligisse. As bordas da pintura, no código Morisot, estão borradas. O que Juana gostava é que essa falta de definição nas bordas fazia com que parecesse uma ilusão, e também dava um enquadramento irreal à cena. Esse era o poder das manchas.

Durante o trajeto até Beacon, a garota se convenceu de que a distância de M, naquela manhã, lhes faria bem. E, na volta, quando a cumprimentasse, não teria escolha senão confrontá-la. Porém alguns quilômetros antes de chegar a Beacon, o desalento tomou conta dela. Do outro lado da janela, viu uma pequena ilha e, no meio dela, as ruínas de um castelo sustentadas por vigas diagonais que resistiam ao desabamento. Essa cena fez Juana passar do otimismo à derrocada. Esses vestígios recordaram-lhe outros edifícios abandonados, sobre os quais lera num texto de Robert Smithson: uma ponte de madeira e suas vigas metálicas, uma estrutura de concreto, máquinas paradas que pareciam *criaturas pré-históricas presas na lama*, um fosso de pedra e chaminés industriais.

Um desassossego irracional a invadiu. A ilha e suas ruínas desapareceram rapidamente atrás da janela e, quando essa cena se foi, Juana entendeu que estava vivendo um luto. Estava claro para ela que seu trabalho, por enquanto, era suportar a dor, passar por ela, deixar que se expandisse dentro e fora de si. Mas o excesso de lembranças era pesado. Talvez a experiência trans – e mais amplamente a experiência queer, pensou a garota – fosse inseparável dos rituais dos mortos. Zelar pelo corpo partido, abraçá-lo e cuidar dele em seu trânsito. Em torno das conexões que fazia à medida que o trem avançava, estavam as três palavras que Juana não se atrevia a pronunciar. E, atrás dela, latente, o seu nome. O único que havia sido seu e que ela repetia para si mesma. Deixar de ser identificada como o filho de M era reconhecer a perda. E, assim, toda a viagem foi uma despedida. Por isso, talvez, M achasse que expressar sua dor em palavras lhe era proibido. Pensando nela, o barulho das rodas do trem dizia ao mesmo tempo *agora* e imediatamente depois *ainda não*.

Agora, ainda não. Agora, ainda não. Naquela manhã, ao descer na estação de Beacon e pegar o caminho que levava ao museu, ela e um pequeno grupo de visitantes foram os primeiros a entrar. Anos antes, a série de Agnes Martin estava na primeira sala, à direita, então ela foi para lá. Mas quando entrou na sala, descobriu que as pinturas brancas ali expostas, ao contrário dos quadros que guardava na memória, tinham diferentes tonalidades e tamanhos. Pareciam mais opacos e menos vibrantes do que na sua lembrança. Aproximou-se das placas com textos sobre as obras e, embora estivesse na mesma sala, aquelas não eram as telas que procurava. *Crescer – nós não vemos nada crescer*, diz o filósofo francês François Jullien em *As transformações silenciosas*. Não vemos as crianças nem as árvores crescerem, mas um dia ficamos surpresos com o tamanho a que chegaram.

Os quadros que estavam diante de Juana naquela manhã eram de Robert Ryman, um artista que começou sua carreira como guarda de museu e que, após concluir um curso de introdução à arte, experimentou pintar. Embora Juana tenha gostado da proposta dele, aquele trabalho não tinha a mesma dimensão espiritual que o de Agnes Martin. Ou seja, ambos trabalhavam com o branco como vazio, mas para Ryman a cor parecia transmitir uma espécie de asco, como se algo o aborrecesse. Martin, por sua vez, com a palidez de suas telas, construía um refúgio.

A garota olhou em volta e viu uma mulher que, como Robert Ryman nos seus primórdios, trabalhava como vigia. Aproximou-se e perguntou pela série *Innocent Love*. Ela disse *yeees*, prolongando a duração da afirmativa como se fosse uma negação. Infelizmente, estão sendo restauradas. A garota demorou para digerir isso. O quê?, ela insistiu. Agora não é possível vê-las, respondeu a vigia, com o olhar firme. Juana, decepcionada, viu-se vagando sem rumo pelas salas monumentais do museu, onde não se ouviam seus passos.

Depois de algumas voltas, reconheceu uma obra de Robert Smithson localizada no final de um enorme pavilhão. Era um espelho retangular, enfiado na diagonal num grande monte de areia. Ao lado do *Learning Mirror* estava uma garota com um lenço na cabeça tentando encontrar um ângulo para fazer uma selfie. Juana a viu se mover e experimentar várias posições. Viu-a dar voltas em torno do montinho de areia, se agachar e tentar diferentes ângulos. Viu-a suspirar e em seguida se afastar, claramente chateada. Quando se aproximou, verificou que o espelho, devido à sua inclinação, apontava para o teto do museu e refletia apenas um ponto cego. Ninguém era capaz de se ver nele. E, sem refletir quem o via, aquela obra estava sozinha demais no mundo.

Juana teve vontade de chorar e saiu para tomar ar. O vento soprava lá fora, abotoou a capa de chuva e pôs as mãos nos bolsos. O pranto a invadiu pelas costas, com a força de uma onda e, embora a princípio ela tenha resistido, logo se deixou dominar. Um acesso de tristeza que vinha acumulando desde que aterrissaram sobreveio em forma de sufocamento e lágrimas. Quando recuperou o ritmo normal da respiração, pensou que poderia ficar lamentando aquele silêncio ou então desafiá-lo. Mas como? Se ninguém podia se refletir na obra de Smithson, por que querer o impossível? Se fosse honesta consigo mesma, o que ela queria de verdade era dar andamento à sua transição e, nesse sentido, aquele espelho inclinado podia, sim, funcionar como um portal. Então, voltou ao museu e passou bastante tempo diante daquele montinho de areia onde o espelho estava enterrado. Se ninguém que passasse na frente podia ser refletido, tratava-se de um parêntese no tempo.

Horas depois, ela voltou à plataforma e pegou o trem que a levou outra vez à cidade. Na viagem de volta se surpreendeu com o fato de que a mesma paisagem agora se descortinasse de outra maneira. *O familiar*, L lhe dissera, *torna-se estranho quando você volta.*

Em 1907, Auguste Rodin esculpiu o busto de uma mulher que parece estar entrando ou saindo de um sono profundo. O nome dela é *Madame X* e seus olhos estão semicerrados. O bloco de mármore é rudemente talhado na base, o que contrasta com as áreas mais suaves que ficam na altura do rosto e dos ombros. Diz a lenda que a modelo retratada não gostou do estado aparentemente inacabado da escultura e pediu a Rodin que nunca a exibisse. E Rodin obedeceu, mas a obra não estava inacabada. O retrato de Anna-Elisabeth de Noailles era assim. E estava pronto. A condessa talvez não tenha gostado de não estar nem acordada nem dormindo, e talvez considerasse íntimo demais ser retratada saindo de um plano privado para entrar em outro, público. Vinte anos depois de ter rejeitado essa representação de si mesma, a condessa, que também era poeta, escreveu: *Já que você está para sempre calada, já que seus olhos se ocultaram, sonho com o coração contente no meio do nada que me assustava. Porque o meu medo de morrer era a angústia de te dizer adeus.*

    Poucos meses antes de viajar com sua mãe para Nova York, Juana entrou em contato com uma astróloga que estava prestes a se aposentar, mas que, eventualmente, aceitava ler mapas astrológicos. Era uma velha eremita que a princípio relutou em atendê-la. Depois, foi cautelosa e, por fim, pediu à garota que informasse a data, o local e a hora exata do seu nascimento. E assim ela fez, deu-lhe todas as informações. Marcou com Juana no seu apartamento, um entre centenas naquelas torres residenciais enormes com corredores escuros. Numa sala pequena, a mulher a recebeu e lhe pediu que se sentasse.

– Você já confundiu seu signo? – ela quis saber. Tinha cabelos brancos e emaranhados presos num coque.

– Não, nunca – a garota respondeu, olhando para a carta.

A mulher serviu duas xícaras de chá.

– Bem, o signo é o signo. E nos coloca no céu – ela comentou, suspirando. – Os ascendentes, por outro lado, nos colocam na terra.

O mapa de Juana mostrava que, quando ela nasceu, o Sol estava em Áries e Gêmeos estava nascendo no leste. Isso queria dizer que Gêmeos a marcava lateralmente enquanto o Sol, em Áries, imprimiu sua marca por cima dela.

– Os trânsitos são proféticos – disse a mulher, passando a mão sobre as linhas que cruzavam o círculo central do mapa.

– Vão anunciando como as coisas se apresentam.

Em primeiro lugar, ela identificou uma tensão entre o Sol e a Lua, entre o que Juana queria e o que ela realmente necessitava.

– Essa tensão é sentida até mesmo no nível físico – afirmou.

– Você sabe a que me refiro?

Juana assentiu. Era dessa dimensão de si mesma que sentia vergonha.

– É seu pai. Ele está te puxando.

– Meu pai morreu – disse a garota.

– Há um pai dentro de você que continua atuante – a velha respondeu calmamente.

– E o que ele quer?

A astróloga sorriu satisfeita, como se estivesse esperando ouvir isso desde o início da sessão.

– Perguntar se os sonhos que você está realizando são os seus ou os dele.

Era uma boa pergunta.

– Muito em breve na sua vida, Urano estará em conjunção com Marte e com o Sol e você sentirá isso como um chamado imperativo para tomar uma decisão. Acima dela estará Saturno, deus do tempo, resistente às mudanças. Antigo e tradicional.

– E?

– Uma parte sua vai querer ficar quieta e outra parte vai querer se expandir.

– Expandir para onde? – Juana perguntou, baixando os olhos.

– Pelo menos até essa máscara cair – a mulher respondeu.

Depois mencionou Urano, o planeta do extravagante. Mostrava que a garota tinha em seu poder uma tecnologia capaz de transformar as coisas.

– Essa tecnologia... é uma ideia? – Juana quis saber.

– Pode ser. Ou talvez seja algo concreto, que se expressa no físico.

Essa palavra foi a primeira que ela escutou com seu novo ouvido. Um ouvido da mesma proporção do anterior, mas infinitamente mais delicado, que se abriu durante a sessão. Através daquele orifício, perfeito e feminino, as coisas tinham que ser afinadas para entrar e, então, tinham uma ressonância interna extraordinária. O que, daquilo que ela tinha, perguntou-se Juana, poderia ser uma tecnologia? Seu primeiro pensamento foi que essa palavra era muito fria e mecânica para indicar algo íntimo. Depois descobriu que em sua etimologia a palavra tinha uma raiz próxima da arte, vinha da união de *tekne* (técnica) e *logos* (discurso). Essa descoberta apontou um caminho. E se aquela ferramenta de que a astróloga falou fosse uma habilidade que se aprendia? Um domínio, como o gênero?

Chegou no Washington Square Park exatamente na hora combinada. A praça ficava em frente à biblioteca de sua antiga universidade e ela a conhecia bem. Como não viu M e as nuvens estavam se dissipando, Juana se sentou na beira do chafariz para apanhar um pouco do calor dos raios de sol. Passaram-se dez minutos, quinze e depois vinte. Juana deu algumas voltas ao redor da fonte procurando-a entre as pessoas que ali estavam. Em geral, sua mãe se atrasava, mas esse atraso parecia deliberado e ela começou a andar em círculos mais amplos pela praça. Procurou-a sob o arco e nos gramados laterais. Caminhou até a área dos cachorros, passou pelos bancos que ficavam na sombra, contornou as mesas onde os idosos se reuniam para jogar xadrez, mas sua mãe também não estava por ali. E se ela tivesse tido uma recaída? Começou a andar mais rápido, perguntando às pessoas que andavam pela praça se tinham visto uma mulher baixa, hermética e bonita.

Em uma das esquinas da praça, entrou num café onde pediu a senha do wi-fi e, assim que seu celular se conectou, apareceu uma mensagem de M. *Estou aqui, amor. Ao lado das tulipas.* Tinha sido enviada há mais de uma hora. Juana não conseguia acreditar, tinha passado várias vezes pelas tulipas. Foi para a rua. Com o telefone na mão, soltou um grito e o som arranhou sua garganta. Estava esgotada. Acelerou o passo de volta à praça porque precisava encontrá-la, abraçá-la, pedir-lhe desculpas, cheirá-la, perguntar-lhe, culpá-la, dar-lhe um beijo, desafiá-la, dizer-lhe que não podia viver sem que ela a visse como ela era. Com a diminuição da testosterona, era cada vez mais raro ela sentir raiva, mas agora ela avançava furiosa, determinada, irrefreável. Antes de chegar à fonte, a viu de costas, sentada no meio da multidão, tricotando. Juana parou para recuperar o fôlego e ficou olhando para ela. Parecia estar confortável sob o sol. Era aquela hora específica em que a tarde ainda não começou a cair, mas o calor já não é insuportável. Quando se diz que começa a refrescar. Havia algo puro e luminoso ao redor da fonte. O modo como M estava ali sentada parecia estar em profunda sintonia com o declínio que estava por vir. Mas ainda era, de alguma maneira, cedo. Juana continuou longe. Essa imagem também era a imagem da dor. Ela não podia se aproximar porque fazê-lo era acabar com a placidez de M. Então ficou parada e, como uma estátua, pôs os dedos da mão na boca. Sua mãe desviou o olhar do tricô e se virou. Com uma expressão impassível, olhou exatamente para onde estava a filha, mas seus olhos a atravessaram. E, retomando o tricô, continuou esperando. Esperando seu filho.

Quando Juana o chamou pelo nome, Borja virou-se lentamente, como se estivesse protegendo alguma coisa. Em seguida, as coisas ao redor deles ficaram paradas. Nos olhos do rapaz havia ternura e reprovação porque Juana o interrompera. Tirara-o de seus pensamentos, de seu poço *azul*.

– Quê? – ele queria saber.
– Nada – ela disse, sorrindo.

Borja suspirou e logo voltou a desviar a atenção. Afastou-se do terraço onde estavam, acompanhando com o olhar um redemoinho de vento que passou ao seu lado. Juana se perguntou se havia algum outro lugar onde preferisse estar. O céu de Valparaíso estava bem claro e estrelado. O vento da tarde tinha varrido todas as nuvens do horizonte e agora a noite, que caía sobre eles, tinha algo de deliberado.

Juana e Borja viram, anos antes, a Grande Nuvem de Magalhães, um dos mais belos corpos celestes que o olho humano pode contemplar no hemisfério sul. Mas a verdade é que aquela imagem tinha se apagado da memória da garota. Como essa foi a primeira coisa que lhe veio à cabeça ao ver aquele redemoinho de vento passar, pediu a Borja que a lembrasse de como era. *Lembre-se*, ele disse com delicadeza. *Era como uma mancha resplandecente.*

Estavam sentados à mesa de um pequeno restaurante entre dois morros e com vista para o porto. Borja a convidara a passar uns dias em Valparaíso antes de partir. Naquela noite decidiram sair para jantar para se despedirem e escolheram ao acaso um prato qualquer do cardápio, gostaram de tudo. Da mesa em que estavam, podiam ver as luzes da alfândega e, para baixo, o reflexo distorcido na baía. Estavam em silêncio porque queriam e porque conseguiam ficar assim. Anos antes, tinham aprendido e lhes custou pouco retomar a prática. Ao lado deles, havia uma enorme laranjeira que marcava o fim do terraço e parecia um cantinho destinado a que algo acontecesse. Mas não acontecia grande coisa, nas outras mesas havia outros casais, como eles, conversando e comendo.

Os dois passaram um bom tempo assim, se olhando e olhando ao redor, levemente bêbados. Aquele enorme abismo que se abriu entre eles foi interrompido apenas por uma breve troca de palavras sem importância com o garçom. Juana estava à vontade e sentia que Borja também. Ficaram à mesa até serem convidados a se retirar, pois o restaurante ia fechar. Houve um ano em que seu momento favorito do dia era quando se sentava diante do computador e escrevia para Borja e, depois, esperava a resposta dele chegar. Embora falassem por telefone diariamente e morassem perto um do outro, era por e-mail que contavam o que estava acontecendo de verdade. Foi para ele que Juana escreveu sua primeira carta de amor. A garota lembra que, na ocasião, sem conseguir pronunciar o que sentia, foi libertador colocá-lo em palavras escritas.

Ao sair do restaurante, a garota tropeçou nos últimos degraus da escada e Borja, sem querer, a deteve. Juana sentiu aquele cheiro característico que emanava do seu pescoço. Nessa aproximação acidental, ambos sentiram, de forma simultânea, como era quando estavam juntos. Um relâmpago do passado. E não se mexeram até que a garota disse vamos. Ele respondeu com outro vamos. E se foram.

A encosta era íngreme e não havia ninguém nas ruas. Nem uma alma. A cidade na penumbra despejava sobre eles o seu próprio silêncio. Como não sabiam que caminho pegar para voltar, quando encontraram duas opções, um que subia e outro que descia, a garota ergueu os ombros. E ele pôs as mãos na nuca. Nenhum dos dois queria decidir por onde seguir.

Dizem que os seres humanos olham as estrelas em busca de respostas. Que erguer os olhos é, de alguma maneira, exigir do universo uma explicação para que se possa entender o incompreensível. Naquela noite a Lua estava próxima e Borja apontou um dos dois caminhos que os levou a uma passagem que terminava em um mirante. Decidiram ficar ali por um tempo. Ao longe, ouviam o mar e, de vez em quando, podiam sentir o vapor dos navios. Olharam de novo para o céu, desta vez através dos galhos cobertos de flores de laranjeira. A Lua era vista com facilidade, mas não podia ser tocada. Tampouco revelava sua superfície. Embora as ilustrações científicas e as fotografias de satélite a mostrassem como um lugar vivido, com mares lunares e acidentes geológicos, ali de baixo Juana achava que era pura ficção. Mais a memória de uma luz distante do que qualquer outra coisa. Naquela noite a Lua estava cheia e num ponto mais próximo da Terra. Parecia poderosa e brilhante. Borja lhe disse que esse tipo de lua exercia uma força especial sobre as marés, e a garota se lembrou da profundidade de toda aquela superfície cintilante para além do litoral.

De repente, um ruído anunciou que algo se aproximava. Viram um cachorro vira-lata surgir no meio da escuridão. Seus olhos marcados procuravam alguma coisa, uma coisa além do que era visível. Juana se agachou e acariciou seu pescoço. O cão deu uma arquejada de cansaço e satisfação e se deitou a seus pés.

– Ele não me conhece – disse Juana, surpresa. Havia solidão maior do que a desconfiança?

Aos dez anos, a astrônoma Caroline Herschel adoeceu de tifo, o que a levou a perder a visão de um olho. Mas com o outro ela viu coisas que estavam longe. Longíssimo. Enquanto trabalhava no observatório de seu irmão, sentiu o impulso de passar as noites estreladas nos prados adjacentes, que em geral estavam cobertos de orvalho. Sem nenhum ser humano por perto. Sozinha. Nessas noites, através do seu único olho útil, ela descobriu uma nebulosa, duas mil estrelas e oito cometas. Coisas sobre as quais ninguém jamais havia cravado os olhos. Quando questionada, Herschel dizia que o que fazia à noite era cuidar do céu. Como se aquela imensidão precisasse disso.

Em seu túmulo está escrito: *Os olhos daquela que, aqui embaixo, é glorificada se voltaram para os céus estrelados.*

Borja e Juana saíram do mirante e, acompanhados pelo cachorro, seguiram numa direção qualquer, cruzando duas passagens e uma ladeira. De repente, reconheceram algo ao longe, no morro próximo: o cemitério. Caminharam até lá por uma rua curva e, quando chegaram, estava fechado. Ficaram ali do lado de fora. Borja fumou um cigarro encostado em uma das grades que cercavam o campo-santo. Juana observou-o: seu rosto mirava o norte, enquanto seu peito se abria para o sul. O vento tinha bagunçado seus cabelos longos e lisos, que caíam sobre os ombros. Embora o luar deixasse as silhuetas nítidas, o garoto estava envolto em uma profunda penumbra. Nela, apesar de tudo, ele desvendava a sua história, codificada na tristeza contínua da sua expressão.

Dizem que as pessoas melancólicas têm dificuldade de se pôr em movimento porque o vínculo que elas têm com o passado as aquieta, como se estivessem sempre esperando. Diante do enorme pórtico do cemitério, Borja perguntou se ela estava bem e a garota respondeu que sim. Era verdade. Estava bem ali com ele sob aquela sombra. Caminhando de braços dados, os dois encontraram o caminho de volta para casa. As solas dos tênis de Juana estavam gastas, apenas uma tira de plástico fina separava seus pés do chão. Os cadarços, além de desbotados, estavam rasgados, e os forros nos calcanhares totalmente estragados. Ela comprou esses tênis numa loja de descontos quando foi morar em Nova York e, com eles, aprendeu a correr. Nessa época todo dia ela se levantava antes de o sol nascer e se calçava com os olhos fechados. Quando chegava à metade da ponte de Williamsburg e amanhecia, a garota começava a sentir que estava acordando e tomava consciência do frio, do calor ou do que quer que a incomodasse. Às vezes ela sentia que os tênis sabiam o caminho de volta para o apartamento e a carregavam quando, no final da ponte, ela já não tinha forças. Quando estavam comendo no restaurante, dissera a Borja que já era hora de se desfazer deles.

Subiram uma escada metálica e atravessaram uma ponte suspensa. No fundo dos desfiladeiros, havia flores silvestres e lixo. Chegando em casa, Borja girou a chave na porta e eles entraram. Na televisão passava um filme no qual um planeta se aproximava da Terra e esse choque significaria a extinção da vida humana. Esse planeta, pensou Juana deitada no sofá, sempre esteve ali, escondido e avançando pelo universo. Era uma questão de concentração perceber seu avanço.

No filme, um personagem disse que os seres humanos sempre projetaram desenhos imaginários no céu. E contou que a cabra, o leão e o escorpião, todos animais terrestres que correspondem a um signo do zodíaco, foram os primeiros a ter suas constelações. Juana achou surpreendente e ao mesmo tempo claustrofóbica essa operação de projetar no mundo celestial as mesmas coisas que habitavam o mundo terrestre. Por que povoar o desconhecido com o conhecido? Borja respondeu que houve um escritor que explicou assim: "Não temos necessidade de outros mundos. O que precisamos são de espelhos. Não saberíamos o que fazer com outros mundos." Um só mundo, "o nosso, nos basta. Mas não gostamos de como ele é". Juana acreditava que existiam outros mundos, mas estavam neste. Atrás. Embaixo. Ocultos, como o planeta do filme.

Quando Borja e ela estavam juntos, iam bastante ao cinema e ele gostava de segurar a mão dela durante toda a sessão, por mais que fosse incômodo. Aquela mão grande e áspera que ele agora usava para equilibrar suas peças de cerâmica no torno. Juana sentia sua respiração e, quando começava a decifrar o segredo daquele ritmo constante com que ele ia e vinha, adormecia. A partir do século XVI, quando os navegadores europeus foram explorar os mares do sul, encontraram um céu novo, que desconheciam por completo, e para poderem atravessar as águas tiveram que criar novas constelações, o céu imaginário teve que se expandir. Se antes era ocupado por figuras clássicas, de repente foi povoado por animais exóticos: surgiram as constelações da ave-do-paraíso, do camaleão, do grou e do tucano.

Talvez o mapa do céu fosse um mapa da própria consciência, expandida.

O encontro de dois mundos não alterou a tradição segundo a qual o que ocorria na terra devia ter o seu reflexo abstrato no céu. Mas incorporou uma certa dimensão: a estranheza. As constelações, pensava Juana, eram essencialmente linhas imaginárias. Figuras reconhecidas apenas por quem aprende essa linguagem.

Há quem diga que as constelações são uma forma de narrativa e que imaginá-las não muda as estrelas, nem o espaço vazio entre uma e outra. Muda apenas a maneira como lemos o céu noturno.

Borja adormeceu ao lado dela. Ele costumava dormir abraçando a si mesmo por razões mais secretas que o cansaço. Mas agora ali estava ele, ao lado de Juana: pálido e magro, com cabelos lisos e escuros caindo de um jeito incômodo na testa. Ela gostava de vê-lo dormir. Juntos, eles aprenderam a se sentir confortáveis em silêncio. Durante anos, Juana não contou a ninguém o que estava acontecendo com ela. A ninguém o que sentia. Nem a Borja. Sozinha, primeiro sob o céu do hemisfério sul e depois, quando foi estudar fora, sob o céu do hemisfério norte. Sempre teve vontade de perguntar o que ele viu nela quando se conheceram. Seria possível querer algo que nunca se teve? Deram o primeiro beijo, de pé, na noite de São João, em um corredor do campus onde estudavam. Quando ela desgrudou os lábios da boca dele, viu que ele estava sorrindo. Sorrindo de verdade.

Ficaram juntos por um ano e, no primeiro aniversário de namoro, planejaram uma viagem à Patagônia porque – eles também – sentiam que haviam chegado a um fim. Ele sugeriu que alugassem uma casa no centro da cidade. Os primeiros dias foram tranquilos. Foram passear pela orla marítima e observaram as nuvens varrerem o horizonte. A cordilheira dos Andes terminava na Terra do Fogo. Um azul colossal em queda. Afundando em outro azul. Caminharam e evitaram os museus. Juana pediu uma hora na biblioteca particular do Palácio Sara Brown para ver uma coleção de atlas com ilustrações botânicas de expedições francesas e ele encontrou um café onde podia ficar lendo. De noite, iam para o pátio da casa para ver as estrelas com o telescópio.

Certa manhã, decidiram visitar o cemitério e lá, depois de dar algumas voltas, se perderam. Naquela complexa rede de avenidas rodeadas por ciprestes no meio dos mausoléus, era fácil ficar desorientado, mas havia algo de intencional. Provavelmente queriam ficar sozinhos. Quando se reencontraram e se sentaram, ele perguntou se ela achava que eles tinham futuro como casal. Desse jeito, discutiram os termos do fim do relacionamento.

A última coisa que fizeram antes de se separarem foi uma visita, no dia seguinte, ao Parque Nacional Pali Aike, que ficava a duas horas de Punta Arenas. No caminho, o cara que os levava parou o carro e desceu para ajudar um guanaco que estava preso no arame de uma cerca. Juana se aproximou para ver como o animal, transtornado, se negava a receber ajuda e dava coices no sujeito que tentava libertá-lo. Finalmente o arame cedeu e o filhote deu um salto enorme e saiu correndo pelo campo.

O parque nacional era, no fim das contas, um vasto campo de pedras onde Juana e Borja eram os únicos visitantes. Percorreram aquela paisagem magnífica e desoladora, caminhando contra um vento tão forte que, em algum momento, pensaram que seriam derrubados. Juana lembra que, com muito esforço, subiram um morro que se erguia no horizonte. No cume, encontraram uma abertura cinzenta enorme. Os dois demoraram muito a entender que estavam no topo de um vulcão que, muito tempo atrás, tinha entrado em erupção. Toda aquela areia resultava da explosão. Se Juana se concentrasse, ainda conseguia sentir a violência do vento daquele dia impregnando o ar com um cheiro mineral. Também se lembrava dele, de olhos fechados, ao seu lado, tentando resistir aos golpes da ventania.

Existe um axioma na física chamado Princípio da Incerteza que diz que o simples ato de observar algo pode mudar (e vai mudar) a reação subatômica do que é observado. Em outras palavras, ver algo afeta o seu curso. O ar estava entrando. E, com ele, o pesar e a raiva, acumulada durante anos. Uma dimensão sua estava sendo vista. Anos se passaram desde aquele término e, aos poucos, Juana e Borja foram retomando o contato, primeiro sem jeito, depois com cuidado. Começaram furando os lóbulos das orelhas em uma loja de tatuagem na Providencia. Ele queria pôr uma argola para marcar o fim do seu casamento e Juana para celebrar o início da sua transição. Isso os uniu outra vez: os novos buracos em seus corpos. Começaram a recuperar um pouco da intimidade que tinham antes. Conversaram. Olharam-se nos olhos. Notaram que ainda guardavam impressões antigas e equivocadas um do outro, mas que podiam abandoná-las. Voltaram a ligar um para o outro à noite. A se ouvir respirar pelo telefone. Recuperaram o conforto do silêncio.

Ele, recém-separado, mudara-se para uma casona antiga em Valparaíso, onde experimentava fazer cerâmica. Ela estava fazendo sua pesquisa sobre obras inconclusas e acabara de dizer a si mesma que começaria sua transição. Não lhe custou nada contar isso a Borja. Poucos dias depois de furarem as orelhas, ele escreveu para ela contando que tinha ocorrido um acidente em seu ateliê. Seus vasos de faiança caíram no chão. Ficaram todos em pedacinhos, ele disse. Juana se sentiu privilegiada por ele ter contado isso a ela. Não sabia de onde tinha vindo o impulso de experimentar a argila, se foi uma ideia espontânea ou se era um desejo antigo. Lembrou que, na casa dos pais de Borja, havia uma coleção de vasos pré-colombianos iluminados por spots zenitais dos quais mal saía um fio de luz, como se anunciassem sua morte. Ele os mostrou a ela. A maneira como ele sustentava as coisas no passado era excepcionalmente delicada, fazia isso no mesmo ritmo lento com que a tocava e acariciava. Era como se quisesse confirmar se Juana estava realmente ali, ao alcance da sua mão. Essa constatação geralmente vinha acompanhada de um olhar oblíquo, e a garota gostava que fosse assim. Que ele demorasse a percorrê-la. Quando ele passava a palma da mão sobre o seu rosto, ela fechava os olhos e sentia a mão se arrastando, como se procurasse por ela.

Quero chorar, disse-lhe ele na manhã do acidente no ateliê. Três das peças que quebraram eram suas primeiras cerâmicas. Juana perguntou se ele as havia deixado cair. *Não*, ele respondeu, de modo cortante. A garota quis saber se ele tinha se machucado ou se algo pior havia acontecido, mas Borja apenas lhe disse que a prateleira caiu durante a noite e que ninguém estava lá quando isso aconteceu. Passaram mais de dez anos desde que se separaram e Juana ainda não havia aprendido a consolá-lo. Borja lhe enviou uma foto do acidente. Um dos vasos se partiu em dois e outro se partiu em tantos pedaços que foi difícil para Juana acreditar que um dia tivessem sido uma coisa só. Era como se tivesse quebrado *demais*.

Quando estavam juntos e dormiam abraçados, ela esperava o dia raiar para sentir aquele cheiro característico que saía do corpo dele quando acordava. Gostava de abraçá-lo e sentir antes de qualquer outra pessoa aquele cheiro, que não era mediado por nenhum tipo de perfume, creme ou desodorante. Mas naquela manhã, no porto, o alarme tocou e o garoto continuou dormindo abraçado a si mesmo, então Juana se levantou com cuidado, entrou no banheiro da antiga casa portenha e abriu o chuveiro. A água batendo nos azulejos foi o primeiro barulho da manhã. Debaixo do chuveiro, Juana se lembrou de M. Ficou remoendo o fato de ela nunca ter aprendido a nadar. Talvez, para ela, afogar-se fosse afundar na sua própria loucura, pensou.

Ao sair do chuveiro, esfregou a toalha no espelho e apagou a imprecisão do embaçamento. Viu-se com nitidez e envolveu o corpo numa toalha e o cabelo noutra. Quando passou pelo corredor, viu Borja curvado sobre a mesa da cozinha. Como vivemos se não estivermos intimamente ligados a outros seres humanos?

Ele tinha se vestido. Estava com uma camiseta de gola larga que deixava à mostra suas clavículas. Sem se virar e coçando o pescoço, disse a ela que tinha café fresco.

À mesa. Ali. Ali está o meu passado, pensou a garota. Ali está Borja e ali está o porto. Com seu vento.

Ela agradeceu. Depois virou de costas.

E enquanto terminava de se secar, pensou na rotação dos planetas. Na cicatrização de feridas. No envelhecimento. Em todos esses processos que também eram transições.

Isto aqui, isto ali. Isto no meio. Lá fora ventava entre as passagens de paralelepípedo. Havia roupa pendurada entre uma janela e outra. Valparaíso impunha com violência o seu passado. E o de Juana também.

Por um tempo ela ficou seminua, pensando em que roupa vestir.

M devia estar em Santiago, pensou a garota. Fazendo a mesma coisa naquele exato momento. Vestindo-se, arrumando-se diante de um espelho.

– E aí? – Borja perguntou quando Juana apareceu na cozinha.
– Pronta – ela disse.

O garoto estendeu a mão e pegou a mão dela. Juana havia recebido uma mensagem de M que dizia: *Espero que você compreenda isso bem e sinta que é verdadeiro. Você disse a outras pessoas que seu pai e eu sabíamos sobre você. Não, amor, não é bem assim.* E mais adiante: *Sinto uma dor imensa por você. Acho que você está escolhendo a solidão e abandonando o que te define. Me dói ver você assim, se afastando do mundo.*

A garota gostava da ideia de fugir do mundo, de não pôr os pés no chão, como a fada da peça de Shakespeare que está sempre sobrevoando as coisas.

Tudo o que Caroline Herschel viu, com um só olho. Aquelas distâncias. Uma nebulosa, duas mil estrelas, oito cometas. No acampamento de verão ao qual ela foi quando era pequena, quando o guia pediu que ela por favor tomasse banho, ela dormiu ao ar livre pela primeira vez. Do saco de dormir estendido no topo de uma montanha, ocorreu-lhe a ideia de que o céu não era algo distante, e sim uma espécie de olho enorme que a estava sempre observando. E seu olhar não transmitia nenhum julgamento nem perguntas, era na verdade profundamente amoroso. Além disso, havia algo íntimo tanto na proximidade de quem estava nos sacos de dormir ao seu redor quanto na distribuição das estrelas. O que era ligar dois pontos? Para entender as constelações, havia gente que mexia o mesmo dedo com que se pede silêncio, fazendo-o traçar linhas invisíveis entre um ponto de luz e o outro.

Depois de ler, Juana apagou a mensagem porque a magoava sua mãe ter escrito aquilo. Existem coisas frágeis e outras que não podemos fazer desaparecer. Coisas que nunca vão embora deste mundo. A linguagem, com sua capacidade de ir e vir, às vezes as elucida. Mas ninguém podia desaparecer completamente, certo?

Assim que começou a tomar os bloqueadores hormonais, Juana os sentiu percorrendo o seu corpo. Eles não afetavam nenhuma área em particular, mas atuavam, indistintamente, por baixo de tudo. Tornaram-se uma primeira camada, subcutânea. Sentiu-os se unindo aos receptores de suas membranas celulares e de seus órgãos. Sentiu que ativavam fenômenos bioquímicos. Sentiu que davam início à sua transformação.

Juana passou a mão atrás do pescoço de Borja, onde ele mais gostava de receber carinho, e ficaram assim por um tempo. Ela em pé e ele sentado à mesa da cozinha. No passado, quando se tocavam, ela muitas vezes sentia a tristeza que corria dentro dele. Uma tristeza antiga. Imensa. Injusta. Juana deu uma última olhada na casa. Tirou a mão do pescoço do rapaz e pegou os tênis para pô-los na lata de lixo. Então deu um giro, vestiu a capa de chuva e pegou sua mala. Lá fora ventava. Juana ficou surpresa quando Borja, com um gesto, mostrou para ela o fim da viela. Ali, ao lado de algumas lixeiras de reciclagem, estava o mesmo vira-lata que os havia guiado na noite anterior. Esperando por eles, com o olhar muito atento e as orelhas para cima. A garota pensou em se aproximar, mas, como o cachorro não se mexeu, ela respeitou a distância. Borja sentou-se no banco do motorista e ligou o motor de sua velha caminhonete. Ela se acomodou ao lado e pôs o cinto. Entraram em ruas do morro que ele conhecia de cor. Passaram na frente do cemitério. Havia no local uma réplica da *Pietà* de Michelangelo e Borja sabia que Juana adorava aquela escultura que estava ali há anos. Uma família de Viña del Mar, que a encomendou a Roma, acabou por doá-la ao município para que decorasse a entrada da cidade dos mortos. A área entre as duas colunas onde a colocaram era muito estreita, então era preciso vê-la por partes, juntando fragmentos. Primeiro, via-se a roupa da virgem segurando seu filho, depois, o Cristo de perfil, quando se podia ver a ferida entre suas costelas. Mais acima seu pescoço, suas veias.

    As devotas retratavam a Virgem recebendo Cristo após a crucificação, mas essas também eram cenas sem tempo nem lugar: mães sozinhas com os corpos despedaçados de seus filhos. E essa Virgem, essa mulher em particular, não olhava para ele, olhava para algo além: o seu futuro. Como se tivesse o filho recém-nascido em seus braços e lhe doesse vê-lo ir embora do mundo.

Na manhã de 21 de maio de 1972, um jovem de barba e óculos entrou calmamente na basílica do Vaticano onde estava a *Pietà* original de Michelangelo e subiu na balaustrada de mármore que sustentava a escultura. Dali ele gritou: "Eu sou Jesus Cristo e renasci entre os mortos!" Ele começou a bater no mármore com um martelo e, depois de quinze golpes, conseguiu retirar parte do rosto da virgem e um de seus braços. Os relatos da época trazem depoimentos de testemunhas afirmando que o jovem se enfureceu contra a figura feminina. Batia nela e falava com ela, como se quisesse acordá-la do transe em que estava submersa. Como se ele estivesse implorando para que ela o visse. Pedaços dos olhos caíram no chão.

Depois do ataque, uma equipe de restauradores do Vaticano achou a assinatura secreta de Michelangelo na mão esquerda da Virgem. Um M formado por quatro pregas da palma da sua mão. No fim das contas, as linhas são sempre uma constelação, pensou Juana ao ler isso.

Naquela madrugada, ao saírem do porto, estavam de mãos dadas. Como no passado. No caminho que se abriu depois de um depósito de lixo, Juana avistou um penhasco de onde emergia uma selva repleta de flores alaranjadas e fúcsias. Borja acelerou e pediu para a garota lhe contar alguma coisa, qualquer coisa, para mantê-lo acordado. Ela perguntou se ele queria ouvir de novo a história da aldeia brasileira que morreu duas vezes e ele disse que sim.

– O ônibus foi abrindo caminho pela selva à noite – ela disse.

E contou a ele que, depois daquela paisagem exuberante e verde, tiveram que atravessar um deserto enorme para chegar a Canudos, mas ele não estava interessado nos detalhes do deslocamento. Queria saber sobre a aldeia. A aldeia que morreu duas vezes, ele pediu. Juana contou que na primeira vez foi um exército que a transformou em pó. Ele estava olhando o caminho, mas a escutava com atenção. Então, a garota fez o relato da segunda morte, após renascer das cinzas, quando um pântano a afogou completamente.

É possível morrer duas vezes em uma vida? Era isso que ela queria perguntar a M. Juana ainda guardava o diário daquela viagem. Em uma das páginas descrevia o amanhecer no deserto como uma onda "de chegada recorrente".

Tantos anos escondendo tantos sentimentos.

Talvez nem tudo o que existe possa ser expresso em palavras.

Diante do espelho do quebra-sol que abriu no carro, a garota passou delineador no canto dos olhos, acentuando o preto, para que ficassem bem marcados. Depois, olhou para Borja. Gostava de vê-lo dirigir só com uma mão apoiada firme no volante. Sentia-se segura com ele. A certa altura, a garota tirou as botas e esticou as pernas no painel do carro, como fazia quando eram um casal. Juana sentia que Borja e ela viviam uma solidão parecida.

Pensou em sua mãe. Em todos esses anos. Para além do perfil de Borja, despontava uma clareza iminente. Juana abriu a janela do carro e deixou o vento forte entrar. Na Patagônia, quando o vento se assanha, é capaz de arrastar pedras, disse Borja. Mas aqui, atrás do vento, a serenidade dominava o vale. O resto da viagem correu em silêncio. Passaram por poucos carros na estrada.

– Você vai contar para ela? – Borja perguntou.

E Juana pensou em soltar um grito grande e bonito. Mas, em vez disso, assentiu. Uma franja rosada já iluminava a paisagem. Estava nascendo um novo dia. Borja virou-se e sorriu para ela. Cruzaram um túnel e depois outro. Um avião rasgava o céu da manhã em silêncio, traçando uma linha diagonal no horizonte. Estavam chegando ao aeroporto. Juana abriu o espelhinho do carro para se ver mais uma vez. Lá estava, a luz da manhã renovando a paisagem com uma teimosia impressionante. Como se essa fosse a primeira manhã do mundo. Levava consigo o livro que Borja lhe dera anos antes e que nunca tinha lido. Levava vestidos na mala e um caderno na bolsa, um caderno parecido com o que ela usava para tomar notas quando era adolescente. Nele, guardava várias fotos de seu pai e de M, além de uma carta que a mãe lhe deu no dia do seu sacramento de crisma.

Antes de se despedirem no terminal internacional, Borja a abraçou e pediu a ela que não se sentisse sozinha. Ela prometeu que tentaria. Mas estava sozinha. E estava bem assim. Naquela tarde, na praça, ao lado de sua antiga biblioteca universitária, ela estava sozinha diante da mãe quando se deu conta de que se desse um passo a mais se tornaria visível e que se ficasse bem quieta, onde estava, poderia adiar um pouco mais o fim. Entre a data em que M escreveu a carta pelo sacramento de crisma e aquela tarde, passaram-se 8.627 dias, o equivalente a vinte e três anos, sete meses e onze dias. Mas a garota sabia que não havia número capaz de dar conta do tempo e da distância que as separava.

Se pudesse, teria se aproximado e, talvez, a primeira coisa que teria dito, seria que a comoveu o fato de que M a tivesse visto como um herói: usava essa palavra na carta que trazia consigo. Sobretudo porque naquela época, quando fez o sacramento da confirmação, ainda não enfrentava nenhuma dificuldade real. Vivia como um menino privilegiado e tímido. Um filho mais velho, mimado e desejado. Teria agradecido à sua mãe, que pensava que Deus tinha um plano traçado para ela, mas esse caminho pré-configurado não era o que ela escolheria.

No verão depois da crisma, Juana entrou na universidade e, no primeiro semestre, seu pai suicidou-se. Lá, a garota começou a dimensionar o que a dor poderia ser. Juana viveu, nesse mesmo ano, seu primeiro término amoroso, que – de certa forma – compartilhava aspectos com o luto pela morte do pai. E em algum momento as duas tristezas acabaram se misturando.

Embora jovem, adoeceu. Àquela altura, a garota acreditou com resignação que era o que lhe cabia viver, mas então, anos depois, entendeu que não era por acaso que aquele tumor tinha ficado encapsulado em um de seus testículos. Agora, à luz da sua transição, era impossível para ela não ver a relação entre a dificuldade de expressar a sua identidade de gênero e esse diagnóstico. Esse achado, ela pensava, era o sinal de um começo.

O começo de uma despedida ou de uma transformação silenciosa que se tornou evidente anos depois. Se fechasse os olhos e respirasse com calma sentia sua versão anterior diminuir diante da nova que estava surgindo. Eram os bloqueadores de testosterona. Abriu os olhos e reconheceu sua mãe, a praça, aquela que foi sua antiga biblioteca. O seu olhar não era o do turista que comparava seu postal imaginário com a experiência análoga da cidade, mas sim o olhar da nostalgia que se recusava a se ajustar à realidade da mudança. A cidade onde a garota havia morado já não existia, a sua imagem foi substituída por outra que por sua vez em breve seria substituída por uma próxima. E assim seria permanentemente. Recusar-se a vê-las era continuar aferrada ao passado.

Olhando para a mãe, a poucos metros dela, em frente àquela fonte, a filha a achou tão tranquila e tão confortável tomando o sol da tarde que pensou que, se chegasse perto, iria machucá-la. Era essa a linha que separava aqui de lá? A placidez da dor? O agora do depois? Como na beira de uma praia, Juana acreditava que as fronteiras poderiam mudar, mas também sabia que tinha medo.

Aquela mulher que tricotava, a mãe dela, não sabia nadar. O pai de M, ou seja, o avô materno de Juana, um homem fascinado pela Lua, conheceu sua avó num dia em que ele quase se afogou na praia de Salinas, em Viña del Mar. Foi no verão de 1941, quando ele era estudante universitário e ela ainda estava na escola. Os dois gostavam de ir à praia. Naquela manhã, Alfonso, o rapaz que anos mais tarde seria o pai de M, foi nadar no mar e, em algum momento, talvez muito para dentro, talvez muito rapidamente, viu-se no meio de uma correnteza. Ele mesmo descreveu assim: "Então não havia passado nem presente, apenas ondas." A mãe de M, por sua vez, contou que estava tomando sol com algumas amigas, quando viu uma multidão em volta de um banhista que quase havia se afogado. Ela lembrava que, curiosa, saiu do seu guarda-sol e, espiando por trás do salva-vidas, encontrou um lindo rapaz inconsciente na areia. Foi assim que se conheceram.

Seu avô contava que ela estava ali, olhando para ele, quando ele abriu os olhos. Uma imagem nova, inaugural, que surgiu depois de roçar a fatalidade. Na margem. Foi assim que tudo começou.

Depois disso, o jovem universitário viajou ao Brasil para um seminário sobre engenharia agrícola e, de Campinas, mandou uma carta para a garota que conhecera na praia. Começava dizendo que havia sentado para lhe escrever depois de ter passado o dia inteiro na terra. "Quando olhei de soslaio a janela, vi um retângulo azul se transformando em noite. Havia nele algo parecido ao que São João da Cruz chamava de solidão sonora." Depois contou que o seminário era sobre sementes, "algo extremamente diminuto e franciscano" que deixava a ele e aos demais participantes perplexos. Camponeses e engenheiros peruanos, mexicanos e um hondurenho "perdido".

"Aprendi que uma semente absorve mais futuro do que um ovo. É o ponto de partida e o ponto-final. Mas sua gênese já é coisa do passado." Ele dizia que, quando observava as sementes, elas lhe pareciam embriões paralisados por uma "relutância repentina", suportando as adversidades sem fazer nenhum gesto. "Porque ela está em outra escala, em outro compartimento, em outro universo", e talvez ao sentir aquela mistura de umidade, luz e temperatura, fosse quebrar o sigilo de seu estreito e longo parêntese. "Quebrando a casca, em que já não cabe, para se revelar."

Despediu-se dizendo que o que havia naquela "pausa de árvore" lhe parecia tão inverossímil que, quando acabou, tornava-se uma transformação "quase monstruosa".

Para Juana, as transições não terminavam, apenas começavam. Eram trajetórias sem fim.

Achava que em algum ponto era como sair da areia e começar a nadar. Uma longa trajetória que se iniciava sabendo que mais além poderia não haver outra praia, somente mar. A terra firme, com suas certezas e delimitações, ficava para trás para que se descobrisse uma outra forma de existência no nado. Uma transformação, um deslocamento permanente.

Tentamos manter vivos os mortos para que continuem conosco. Mas é preciso deixá-los. Mortos. Assim dizia o livro que ela estava lendo. Soltá-los na água.

Em vez de se aproximar e acabar com o silêncio, Juana deu um passo para o lado e atravessou a rua. Foi embora dali. Sua mãe ficou na praça, sob o sol, sonhando com o nascimento do primeiro neto. A garota sentiu que precisava voltar ao museu. E ver aquela gravura de Adão e Eva de que M lhe havia falado. Então, contornou a praça e, na esquina, entrou na estação de metrô da rua 4 Oeste. Poucos anos antes de ela nascer, a autoridade de transportes de Nova York decidiu redesenhar o mapa dos metrôs da cidade, principalmente porque causavam engarrafamentos humanos nas estações, pois as pessoas tinham dificuldade em decifrar a direção das linhas. Nobuyuki Siraisi – artista com formação em pintura e escultura – foi um de seus principais criadores e o método que ele utilizou para representar as linhas do metrô não era muito convencional: ele percorreu o trajeto de cada linha do metrô com os olhos fechados, desenhando em seu caderno a forma dos trilhos que ele discernia às cegas. Isso lhe deu uma ideia da sensação de usar o metrô, em vez de buscar uma representação exata da geografia da cidade. Embora as escalas desse mapa não correspondam à realidade, com as extensões dos trilhos nem com as distâncias mensuráveis, se pareciam – acreditava Juana – à experiência de estar a bordo de um vagão que percorre o subsolo de Manhattan e de outros bairros.

Transitar* também quer dizer cruzar, mobilizar-se, se mudar de um estado para outro, todas ações impulsionadas pelo movimento. A bordo do metrô de Nova York não era fácil encontrar assentos disponíveis, então a garota ficou de pé, apoiando a cabeça contra um vidro. Ela gostava de viajar assim; desde pequena quando estava no carro com seu pai fazia isto: apoiar-se na superfície transparente das janelas. Reclinava o pescoço e apoiava a têmpora de um dos lados. O pai de Juana dirigia furioso,

---

* Optei por "transitar" para que o sentido do verbo funcionasse em paralelo com os outros verbos da frase. Em espanhol esse verbo se refere ao que no Brasil, mais habitualmente, chamamos de "fazer a transição" ou "transicionar". [N. da T.]

com pressa, criticando os outros motoristas. Ela olhava para ele de soslaio e intuía que, por trás daquela raiva toda, havia alguma outra coisa, mal resolvida. Com o passar do tempo foi se encantando com a ideia melancólica de olhar pela janela, de viajar sem se mexer. De estar quieta, dentro de um veículo em movimento. Mas a transição de gênero não era assim. Exigia esforço, uma mobilização interna e um abandono. Ela chegou ao enorme edifício do museu Metropolitan quando começava a anoitecer, apenas vinte minutos antes de fecharem, então quase não havia visitantes lá dentro. A estrutura original do edifício, localizada no meio de um montículo do Central Park, era hoje praticamente irreconhecível. Após as múltiplas ampliações e modificações, quase não se viam vestígios do casarão onde as primeiras obras de arte foram alojadas, outrora descrito como "construído na solidão e sem visitas". Juana teve a impressão de que o museu inteiro queria descansar e sacudir os corpos que o atravessavam durante o dia. Na sala, não havia ninguém além dela. E a gravura estava num lugar onde não lembrava de ter passado. À primeira vista, achou bonita. Chamou-lhe a atenção que a cena se desse numa floresta escura, muito diferente do jardim no qual o Éden costuma ser representado.

Juana gostou que Adão e Eva estivessem inclinados e de perfil, um de frente para o outro, mas que não se olhassem. Adão olhava para Eva e Eva, por sua vez, olhava para a serpente enroscada na árvore. Esse desencontro era sucessivo: o movimento que começava com aquela defasagem no olhar dava início à história de um fim. A gravura representava a perda da inocência e da obediência. Juana imaginou que ventava entre aquele homem e aquela mulher porque seus cabelos cacheados estavam esvoaçantes. Em seguida, várias coisas lhe causaram estranheza. A primeira foi que as árvores da floresta pareciam emergir de uma superfície líquida, e não sólida. Como se surgissem da água, pensou Juana. Depois, havia a questão das espécies. O galho que Adão segurava era de um freixo, enquanto o que Eva tinha quebrado em dois era de uma figueira.

Por último, havia um detalhe. Eva não estava oferecendo a maçã a Adão, mas dando-a à serpente, para que a provasse, como se outra narrativa do pecado original fosse possível. Um desvio da escritura sagrada.

– Ma'am – disse um guarda ao seu lado. – O museu vai fechar em breve, peço que saia, por gentileza.

Juana olhou para o sujeito, concordou com a cabeça e depois se concentrou novamente na imagem da gravura. De repente, percebeu que Eva escondia outra maçã atrás de si e sentiu uma vertigem. Aproximou-se da gravura o máximo que pôde para confirmar que apenas alguém que estivesse fora da cena poderia notar aquela segunda fruta, pois ela estava voltada para a floresta escura, longe da vista de Adão. Ao se afastar, reparou nos animais deitados aos pés dos dois personagens principais. A plaquinha sobre a obra explicava que cada um representava a ideia medieval dos quatro temperamentos: o gato era colérico, o coelho era sanguíneo, o boi era fleumático e o alce era melancólico. Mas, além deles, havia dois animais que geravam tensão: na frente do gato havia um rato prestes a ser devorado e, para além da floresta, num penhasco, havia uma cabra prestes a cair de um precipício.

– Ma'am – insistiu o guarda. – *It's time for you to go.*

A garota permaneceu imóvel. Nunca tinha havido um dia igual a este. Juana em geral achava que os dias eram todos iguais, que o presente era idêntico, mas essa sua confusão se desvaneceu quando superou o seu presente. Entendeu que tudo na cena de Dürer apontava para algo que estava por acontecer. Não agora, mas no segundo seguinte. A gravura representava, em si mesma, um abismo. O último instante do mundo antes que perdesse o equilíbrio. Mas, para Juana, parecia que as coisas já tinham sido transgredidas. Que Adão já estava tentado e que Eva já escondia algo dele. O colapso já estava acontecendo.

O presente do qual sempre fugimos não tem um esconderijo? No livro que Borja lhe deu, o que ela carregava na bolsa, a protagonista dizia que o melhor dos museus eram as coleções permanentes: as salas onde nada nem ninguém se movia. Dizia que, ao revisitá-las, percebia que não havia nada de diferente, a não ser uma única coisa. "Não é que tivesse envelhecido, não era bem isso. Era diferente, apenas. Desta vez, eu estava de agasalho."

A gravura era feita de linhas. *Ma'am, please.* Juana viu que cada uma das formas, sombras e texturas da cena eram criadas por linhas finíssimas que começavam em um ponto e terminavam em outro. As superfícies eram essas e Dürer levou quatro anos para construí-las. *I'm sorry.* Porém, ali se entrelaçavam para se transformarem numa paisagem. Colocadas uma ao lado da outra, revelavam a vegetação da floresta, as cascas das árvores e os pelos dos animais. *Please, leave.* Juana não sabia o que M tinha visto, mas enquanto o guarda a levava pelo braço em direção à saída e atravessavam o corredor que mais parecia um túnel, com seu piso de cerâmica e mármore, ela conseguiu ver as cúpulas e as colunas da entrada, que filtravam um pouco da luz da tarde, e pareceu-lhe que entre aqueles Adão e Eva havia tanto suspense como desobediência.

O museu estava parecendo um enorme buraco escuro que ela tinha que deixar para trás. E quando atravessou a última galeria do segundo piso e o teto em forma de abóbada se abriu, o vazio do grande salão explodiu na sua frente. Viu uma ruptura destinada a acontecer. O homem indicou pacientemente a porta e a convidou mais uma vez a ir embora. Aquela nave enorme era projetada para gerar uma sensação de chegada, não de despedida. Uma vez lá dentro, era possível ir em direção ao norte, ao sul ou até ao oeste, por onde se subia uma grande escadaria pela qual se chegava às galerias, agora sem visitantes. Na gravura, havia duas pessoas rodeadas de riscos. Estavam imersas em seus próprios pensamentos e desejos. Isoladas, mas mobilizadas pela curiosidade, com um pé firme na terra e o outro para cima e para a frente. A ponto de sair. De perder o equilíbrio. Eram cinco da tarde.

 Mas também estavam sentindo o vento. O vento que soprava na floresta. No parque. Que soprava na cidade quando o guarda a levou em direção à saída e a deixou na frente do museu. Sentiu-se abandonada ali, à deriva. Nos poucos minutos em que esteve lá dentro, havia escurecido. Juana esperou ouvir as portas se fechando. O barulho que quebraria o silêncio. Mas não ouviu nada, nada. Dentro da cena da gravura, esse barulho teria sido como o guincho do rato ao ser devorado pelo gato, ou o do corpo da cabra se espatifando na base do penhasco. Como a mordida da maçã. O mundo se quebrando.

 Mas não se ouvia nada, nada.

 A verdade é que não era permitido morar nos museus. O verniz do passado cobria o que estava lavado e engomado. Você não morava lá dentro. Da escadaria de pedra por onde se regressava à cidade, sentiu uma ruptura ou o vislumbre do desejo oculto, que se fez presente. Precisava esperar para ouvi-lo. Vinha de outro lugar. De fora.

O que era aquele rugido do céu? A fúria de quem estava longe de tudo. Morto.

Um relâmpago tornou-o visível e, logo antes de a tempestade começar, lembrou à garota que não havia como evitá-la. Porque estivera presente. Ele. Sempre presente. Pelo menos desde que tinha percebido, quando ainda criança soube que não cumpriria o propósito que sua origem determinava.

Ele também sabia disso. Agora ia se despedir dessa ideia, começar a se despedaçar e fazer algo novo de si mesma. Ouvindo o sopro que já lhe indicava a sua verdadeira providência.